『没有一点点卑俗的东西，只有带着清澄感的珠玉一般芳香的绘画，是我愿望中的事物。』终其一生，上村松园将宝贵的天赋和孜孜不倦的努力注入到美人画中，创作出让人如临其境的雅致、展现出渗透至灵魂的柔软的女性魄力，干净的气息、秀美的余味。

她的艺术观和生活感悟，亦蔓延在这方寸画卷之间。《美人的事》收录三十四篇散文，讲述的便是美人画创作背后的故事，只言片语显露着不为人知的细微幽深之心。譬如，每日燃烧着的对画的热忱之心、不为任何事物所侵犯的坚韧内心、毫无卑俗的清澈追求。

『火中生莲华，是可谓希有。』正如她笔下所描绘的那些女性形象——内向温柔的深雪、好胜如男的淀君，上村松园亦是一个怀着纯粹的愿望，在世间艰难行走的女性。于熊熊燃烧的烈焰中，努力开出绚烂的『生命之花』。

毫无卑俗，如珠玉般清澄高雅的画才是我的追求所在。

书 · 美好生活
Book & Life

书，当然要每日读。

美人的事

上村松园 • 著
うえむら しょうえん
方旭 • 译

美人のこと

Uemura Shoen

北京时代华文书局

图书在版编目（C I P）数据

美人的事 /（日）上村松园著 ; 方旭译. -- 北京 :北京时代华文书局，2019.6
ISBN 978-7-5699-2574-6

Ⅰ. ①美… Ⅱ. ①上… ②方… Ⅲ. ①随笔一作品集一日本一现代 Ⅳ. ①I313.65

中国版本图书馆CIP数据核字(2018)第211950号

美 人 的 事

MEI REN DE SHI

著　　者 | 上村松园
译　　者 | 方　旭

出 版 人 | 陈　涛
选题策划 | 陈丽杰　柳聪颖
责任编辑 | 陈丽杰　柳聪颖
封面设计 | lemon
内文版式 | 孙丽莉
责任印制 | 刘　银　范玉洁

出版发行 | 北京时代华文书局 http://www.bjsdsj.com.cn
北京市东城区安定门外大街 136 号皇城国际大厦 A 座 8 楼
邮编：100011　电话：010-64267955　64267677
印　　刷 | 北京富诚彩色印刷有限公司　010-60904806
（如发现印装质量问题，请与印刷厂联系调换）
开　　本 | 880mm×1230mm　1/32　印　　张 | 6.5　字　　数 | 100 千字
版　　次 | 2020 年 5 月第 1 版　印　　次 | 2020 年 5 月第 1 次印刷
书　　号 | ISBN 978-7-5699-2574-6
定　　价 | 49.00 元

推荐语

宁远

上村松园是幸运的，有着这样一位母亲。母亲是她最柔软却也最坚强的依靠，凭单薄的女子之躯，为父亦为母，以卖茶为业，独自抚养两个女儿长大，用辛苦与坚韧换得体面与尊严。她用自己的一生，给松园上了一堂简单、自然又丰硕的人生之课。那些永不枯竭的爱与支持，已经牢牢生长在松园的身体里，成为她永远的火焰与光明。你看，对世上的每个孩子来说，母亲，都是这样重要的人啊。

蒋婵琴

她被视为天才，却一生不失努力、隐忍与精进；她历经命运跌宕、家境变迁，却始终保持美、雅及坚韧的姿态。岁月与现实给予的残缺与榨炼，最终成为养分，浇灌画作，绽放圆满。也让生命之果，流转不息；其莹洁无纤尘、如珠玉般清澄高雅的气息传递，即便空间、历史遥远，仍能清晰感知。

她终生践行“画笔报负”，以艺术济度他人；是母亲，也是女画家。为此，用尽力气，活出了气象。看她的画，读她的人生，活着的人会得到宽慰。

五瓣花

上村松园将古旧之美，古旧之生命，古旧女人之精神，都在画笔中一一呈现，她只画女人，她清晰地描画她们的眉、唇、眼、脸、衣饰，更重要的是她皆画出这些女人的内心之神，孤绝、自立、带着一些骄傲，不屈于世事的艰难，始终有所向往。她在栖霞居里绘画，只愿“以霞为食以霓为衣”，一生浪漫、柔情又足够坚韧，时常从清晨画到黄昏，不断精进努力执著于绘画，艺术成就从来不是她的目的地，而那“只要手一拿起画笔，心中就一粒尘埃也飞不进”的时光，才是最滋养她的时刻吧。

茉莉

其画其字其人，虽然来自远方，但在内心却抚起了波澜。那些与母亲的故事，艺术旅途上的摸索，生活中往往被忽略的片刻，如同一位好友隔空叮咚传来的信息，掀起记忆的暗潮。不同时代，不同家乡，然而女性独有的心思却是相同的，愿我们都在这微妙气息里触摸生活之美。

莲羊

第一次看到上村松园先生的作品，是五六年前搜索竹内栖凤时偶然遇到的，那时候只看到些网上的失真图，简单的当工笔画来了解了一下。直到2015年到日本来做文化交流，原以为日本的“院展”“日展”这些全国美展上展出的作品都该是浮世绘或上村、竹内一样的“传统日本画”，但所见皆是一张张西方感实足的“现代日本画”，颇有些失望。

为此，我专程去了趟京都，去当地的美术馆、博物馆和画廊里寻找我印象中的传统日本画。看着上村松园先生的张张原作，久久流连，并亲自临摹了一张，自此刷新了对日本画的认识。上村先生主要创作的是穿着和服的美人，衣褶的长短和相互间的距离、脖子的曲线和手指的弯曲度、左右衣领相交的角度等等……临摹之后才感觉到一切都是精心设计的结果，用线之严谨、用色之精准都令人慨叹，所以国内常常说日本画设计感很强也的确不为过。

这本书搜集了上村松园先生的数十幅代表作，一能帮助我们研究明治维新后全盘西化的日本在东洋画和西洋画之间的探索，也能帮助美术学子了解传统日本画的一些构图、用线用色的特点，更重要的是，将为画者在绘画之路中循着的那份执着的爱记录下来，值得收藏。

上村松园生于明治八年（1875年），是一位活跃在明治、大正、昭和三个时期的传奇女画家。作为画坛“天才少女”，她15岁以《四季美人图》参展第三届内国劝业博览会，获得一等奖，这幅作品还被来日本访问的英国皇太子看中而买下。此后，上村松园在日本画坛崭露头角，不断发表优秀作品，并于1948年获得日本文化勋章。

她一生致力于画美人画，线条纤细，色彩雅致，洋溢着日本古典的审美与韵味。但是松园对于画的艺术追求，并没有停止在视觉感知的层面，她所渴望传达的，是蕴含在温文典雅的美人画中、女性温柔而不屈的坚定力量。她说：“我从不认为，女性只要相貌漂亮就够了。我的夙愿是，画出丝毫没有卑俗感，而是如珠玉一般品味高洁、让人感到身心清澈澄静的画。人们看到这样的画不会起邪念，即使是心怀不轨的人，也会被画所感染，邪念得以净化……我所期盼的，正是这种画。”

松园作为一名画家，一名画美人画的画家，一名女性画家，她的随笔中，不仅记录了创作的构思灵感与艰辛历程，还有她的成长经历与生命中难忘的邂逅，而更能充分表达她的思想的，是关于女性如何生活、处事的论述。松园推崇传统的日式美，认为这是最适合日本女性的审美表达，而对于随波逐流、学着欧美人的样子把自己弄得不伦不类的打扮，她则保持怀疑态度。她冷眼观世，“然而如今世人，都醉心于‘流行’，从和服的花纹到发型，不管什么都追在‘流行’的后面，却从不考虑是否适合自己”；却对真正的美充满热心，“我希望妇人们能各自独立思考，找到什么是真正适合自己的。”在审美打扮上，松园希望女性能够找出独属于自己的风格，而不是一味被潮流所左右，这一点与Coco Chanel的名言“时尚易逝，风格永存”，是多么不谋而合。

上村松园的“传奇”，除了体现在她出色的作品上之外，还因为她波澜起伏的人生。当她还在母亲腹中，父亲就去世了，母亲仲子带着两个女儿，一人经营起家里的茶叶铺，支撑家计。在明治时代，女性被认为“只要学端茶倒水、做饭缝衣就够了”，而松园却因为热爱画画，开始进入绘画学校学习。亲戚朋友们都不理解，纷纷指责“上村家把女儿送去学画，是想要干什么？”，幸而松园有一位开明达观的母亲，她坚定地支持女儿的梦想，送她去学画，尽可能地给松园提供稳定的学习环境。

松园回忆起温柔而慈祥的母亲，描绘童年时与母亲的生活点滴，不禁让人为这对相依为命的母女动情落泪：

我十多岁的时候，母亲去亲戚家，我和姐姐在家等母亲回来。但左等右等，也不见母亲回来，我很担心，就拿着伞，从奈良物町穿过四条大桥，去接母亲。当时下着雪，是一个寒冷的冬夜。还是小孩的我非常想哭，终于走到了亲戚家门口，正好，母亲起身准备回家，看见我，“啊”地一声显出吃惊的样子，接着又很高兴地说“你来了啊，哎呀，哎呀，一定很冷吧”，说着把我冻僵的手握在母亲的两掌之中，为我搓热。

“母亲！”我用哭腔叫道。

“啊，你来接我了啊，这么冷的天！”母亲说着，握住我冻僵的双手，一边呵气一边揉着。我不禁流下了泪水。

母亲的眼中也浮起了泪光。虽然是件平常不过的小事，但此情此景，我却一生难忘。

虽然有了母亲的支持，但松园的绘画道路依旧坎坷。在女性受教育尚不普及的年代，绘画学校的女学生很少，出门画写生时也不如男学生那般方便。更有甚者，有嫉恨她的人，在松园展出的作品上胡乱涂鸦。松园坦诚，有好几次，她都想到了一了百了。

然而，照亮这崎岖幽暗道路的，正是松园的几位老师，他们也是日本画坛中如灯塔般矗立、为后辈照亮前路的伟大人物：铃木松年、幸野楳嶺、竹内栖凤。在松园的回忆里，三位老师画风不同、性格迥异，但都对艺术充满热忱、对学生十分爱护。从松园与老师的互动中，可以窥见那个时代日本师徒之间的传道方式、绘画技巧，还能感受到一代大师在日常生活中的真情流露。

有时候先生会画描绘雨中场景的画。如果只用湿毛刷把画布刷一下，水汽只能停留在表面，不能充分渗透到绢布里。要让水汽充分渗透，不仅要用毛刷刷，还要用湿布巾“飒飒”地擦，情况才会变好。之后在上面画柳树或别的什么，再在上面用湿布巾擦。擦的时候绢布会发出“啾啾”的声音。先生频繁地擦，隔壁房间的小园就走出来用可爱的声音说：“阿爸，画在‘啾啾’地叫呀。”于是先生应道：“嗯，画是在‘啾啾’地叫呀。再给你做一遍吧。”就又在绢布上“飒飒”地擦。我曾经在一旁给可爱的小园画过写生。如今突然拿出当时的写生册来看，不禁思绪沉浸其中。

松园的母亲还没生下她时，就成了单身母亲；似乎是命运的相似，松园在27岁未婚生子，作为单身母亲抚养儿子长大。在当时的社会环境下，她经受了怎样的流言蜚语、指指戳戳，可想而知，但松园丝毫没有提及这些不愉快，相反地，在她的随笔中，尽是与儿子松篁相处时的幸福回忆。

儿子松篁也和我一样喜欢金鱼。到了冬天，我就用粗草席把金鱼缸包起来放在暗处等待春暖花开，但松篁总是等不及春天来，常常把走廊角落的鱼缸上的草席掀开，从缝隙看里面。当他看到心爱的金鱼像寒冰中的鲤鱼一样一动不动，马上显出担心的神色，于是拿来竹枝，从缝隙间去戳金鱼，看到鱼动了，就露出安心的样子。

我耐心地教导他：

“金鱼在冬天要冬眠，你这样把它弄醒，它会因为睡眠不足而死掉的……”

儿子松篁似乎不明白金鱼为什么要在水里睡觉，只是苦着脸说：“可是，我担心呀……”说着，回头看了看鱼缸。

不知是否是画家的血液得到了传承，松园的儿子上村松篁和孙子上村淳，也都成为了日本画坛知名的画家。对于这一点，松篁说过：“母亲并没有教过我画画需要注意什么，但她始终勤奋努力的身影，是她留给我最大的遗产。”这大概就是，最高境界的教养，不是对孩子“耳提面命”，而是让孩子“耳濡目染”吧。

在世俗生活与艺术道路上饱尝艰辛的松园，深深体会到，女性要想在这世上生存下去，必须坚强，必须自己拯救自己。

人活一世，实际上就像乘一叶扁舟羁旅，航程中有风也有雨。在突破一个又一个难关的过程中，人渐渐拥有了强盛的生命力。他人是倚仗不得的。能拯救自己的，果然只有自己。做人不出色，其创造的艺术也无法出色。因为艺术是由创造者的人格所限定的。笔上所描画的是自己的心，即便总是注意着在人前装模作样，如果内心没有表里如一的真诚，是不行的。不断地反省自己是极其重要的，人类正是因此才会进步。

坚强、自省、保持真诚，松园从七十多年绘画生涯中提炼出的感悟，又何尝不适用于我们的人生呢？

在审美上拥有属于自己的风格，在事业上持之以恒、勤奋精进，在生活上坚毅刚强、勇敢面对，这是上村松园身为一个画家、一名女性，想传达给我们的。

有幸受北京时代华文书局的邀请翻译此书，多次读到动情处不禁潸然泪下。用心读完，仿佛与作者一道，经历了波折起伏、不屈奋斗的一生。由于时间匆促，难免或有错漏之处，还望各位读者海涵。

方旭

2019年12月 于北京

上村松园　自画像

目录

壹 美人的事

贰 逝去之美

目录

叁

我愿望中的事物

肆

我，只有画

壹

美人的事

美人のこと

在忠臣义士物语[1]中登场的女性中，大概没有像阿轻那样美丽却又命运哀婉的女子了吧。

阿轻出生在京都二条寺町附近的二文字屋次郎左卫门家中，自小养在深闺，举止文雅娴静，散发着京都少女的体贴温柔。对于这样的阿轻，我是充满了无限的好感。

那时候大石内藏助隐居在山科[2]，想要避开吉良派的监视。但是他知道，仅仅隐居是没办法完全让监视放松警惕，于是在元禄十五年[3]春天，内藏助开始沉湎于酒色，日日在祇园[4]过着放纵的生活。结果，连以贞淑闻名的妻子也离他而去，回到了丰冈的石束娘家。

内藏助沉迷游乐的样子，人尽皆知。就连内藏助的同伴们，也不理解他这样做的深意，于是商量道："与其这样，还不如索性给他添个侧室，如此就不会乱来了吧。"

同伴们这样说着，于是就拜托拾翠庵[5]的海首座[6]，让他代为说媒，让二条寺町的二文字屋次郎左卫门家的女儿阿轻到内藏助的身边去。

即便在美女如云的京都，阿轻也是数一数二的美人。

不用说，内藏助自然是非常高兴。

[1]《忠臣藏》取材于元禄十四年的赤穗义士事件。这是日本历史上一个很有名的事件，被多次改编为影视剧作品。当时有个万人唾骂的恶人吉良，他逼死了小诸侯浅野。后来，原在浅野手下的浪士，在总管大石内藏助的率领下，杀死了吉良，为主人报了仇。复仇成功的义士们，最后集体剖腹自杀。

[2] 山科，京都地区地名。

[3] 1702年，元禄为日本年号。

[4] 祇园，京都最大的艺伎区。

[5] 寺庙名。

[6] 拾翠庵的主人。

"原来把妻子和孩子遣返回丰冈，就是为了迎接那个女人啊"——对内藏助的流言和议论甚嚣尘上，因此，吉良方面的监视也渐渐放松了。实际上，这正是在内藏助的计划之中。

内藏助很疼爱阿轻。

但是，秋天很快就到了。内藏助终于决心要去东边，让阿轻回到了娘家。

即便是对最爱的阿轻，内藏助也丝毫没有透露自己的志向。但阿轻却已经体察到了内藏助内心深处的想法。

终于到了元禄十五年十月十六日，第二天内藏助就要启程。他先参拜了紫野的瑞光院，在主公的墓前叩首，发誓此去为主公报仇。然后又拜访了拾翠庵的海首座，谈天说地，到了傍晚，来到二文字屋。

哀伤的阿轻曾以为再也见不到内藏助，今日相见，该是多么高兴啊。可相聚终究是刹那之间，到了第二天早上，内藏助说："我要去迎接冈山国的家老池田玄蕃大人，因此今天启程去冈山。"听了这样的谎言，阿轻和二文字屋的老爷都很失望。

二文字屋老爷为内藏助准备了纪念品和丰盛的酒肴，离愁别绪之下，即便是内藏助，内心也充满了武士的感怀吧。

阿轻虽然为了离别而黯然神伤，却依旧举起酒壶，为内藏助劝进离别之酒。

内藏助一边饮酒，内心不知作何感想，说道：

“阿轻，我们要分别一段时日，可否再听你弹奏一曲……”

内藏助想再听一次阿轻弹奏的曲子。阿轻心里也许会想，现在让这么悲伤的我弹什么琴呀，但她还是允诺道：“若是大人希望在离别前听一曲，妾身自然不会拒绝，那么就请让我献丑了。”于是阿轻取出珍爱的琴，纤纤玉手拨动十三弦，琴声清越如同风过松林。

那么，该弹什么呢？阿轻思虑了一会，决定为内藏助的秘密壮行祝祷，一边吟唱，一边将万千爱意和思绪寄托在琴声上：

“七尺屏风不可舞跃，绫罗衣袂摇曳不绝……”

阿轻的歌声，在内藏助心里有着怎样的激荡？内藏助的脸上微微漾起了笑容：“阿轻，再见……”

如此，内藏助告别了二文字屋，第二天一大早就向着东方远去了。

有人说，“七尺屏风不可舞跃”一句，是由内藏助所说的“吉良家的屏风高几尺”而来。

抱着哀伤的心情，却弹唱着“七尺屏风不可舞跃”的阿轻，其心性是多么幽深微茫。

听着离别的琴声，将死亡早早准备妥当，微微颔首、莞尔一笑的内藏助，他的勇敢是不事声张的勇敢，其态度是多么英勇雄伟。

即便身心沉浸在悲伤之中，却丝毫不形于色，而是把心思寄托于琴声，将离别的惜惜之情和送行前的清心祝福送给内藏助——拥有这样品格的阿轻，是我所喜爱的女性形象之一。

描画出阿轻的心情，是在明治三十三年。画完《繁花》《母子》之后，我以此故事为素材，画了《轻女惜别》。这是一幅令我怀念的作品。

雪

终于从肩上卸下了二十年来的重担，不由得舒了一口气。回想起来，我十五岁的时候，在内国劝业博览会上第一次展出作品《四季美人图》，获得了一等奖。当时来日访问的英国皇太子康诺德殿下看中了它，将它买了下来。那幅《四季美人图》和如今我献给皇太后陛下的三幅组图《雪月花》，可以说是我漫长画家生涯中交相辉映的两座高峰了。从自己的口中说出来似乎有自卖自夸的嫌疑，但这次的《雪月花》，的确是我倾注了全身心的精力所创作出的作品。

二十年前，承蒙侍奉宫中的三室户伯爵推荐，我受命创作此幅作品。自那以后，我总是想着要尽早完成旨意，所以在这二十年间，我一天也不敢懈怠。但时常被别的画债所逼，好不容易稍微有点空能着手创作了，就有俗事找上门来，想要专心致志的心也被搅乱了。不知不觉间，耽搁的时间从一天变成了一个月，一个月变成了一年，然后是两年三年五年七年……岁月如指间沙般流逝，终于拖到了今天。真是令人更加诚惶诚恐啊。

作画的时候，我常常一边烧炭取暖，一边画底稿草图，却总是被俗情琐事打扰，不能将初心贯彻始终，感到非常遗憾。画了很长时间，底稿不是旧了，就是被损毁了，不知重画了多少次，才得到今天的结果。

月

我想，老是这么下去可不行，于是从今年春天开始，断然发奋起来，决心这一次一定要完成旨意。我暂时回绝了其他的画债，一心一意地完成《雪月花》。

我每天早上五点起床，马上洗漱，把画室的纸拉门完全打开。清晨五点，夜色在拂晓中渐渐褪去，早晨的清爽空气笼罩四周。近处可以听见鸟儿的鸣叫，小虫子们却还没出动。把纸拉门敞开大约三十分钟，就紧紧地关上。这样做，就能隔绝外界的昆虫和灰尘，从而保持画室的清净。

这样，每天从清晨到黄昏，一心一意地创作。画室里连一只苍蝇、一只蚊子也没有，画具上一粒灰尘也看不见。我的意念单纯、心意统一，没有任何事情可以扰乱我的心。一念一事，就这样，我终于完成了《雪月花》。

在我乏善可陈的画家生涯中，这幅《雪月花》真的可以说是创造出顶点的呕心沥血之作，真是非常幸运的了。

花

呈上完稿的《雪月花》也很顺利。当时皇太后陛下正好来京都游览，在行宫停留了半个月左右。前些天我经由三室户伯爵引荐，得以带着画作入宫觐见，顺利地呈给了皇太后。

最初，是要把这幅作品装裱后呈上去的，但是三室户伯爵说：“要是陛下只是要求呈上画作本身，就这样直接呈上去也未尝不可。也许之后陛下会根据自己的喜好来装裱它呢，到那时候再说装裱的事，如何？”于是我拜托一位裱画师，让他把画裱在临时的莳绘[1]的画轴上，装进素木色的木箱里，再把木箱放在素木色的台子上，携至行宫的御书院。在御书院会见了陛下的诸位近臣，由他们转呈给陛下，获得了高贵皇室的阅览。

奉旨作画的时候，皇太后陛下还是皇后陛下。想起来，作为作者的我真是感慨万千，简直是战战兢兢、如履薄冰。

[1] 莳绘，漆工艺技法之一，产生于奈良时代，以金、银属加入漆液中，干后做推光处理，显示出金银色泽，极尽华贵，时以螺钿、银丝嵌出花鸟草虫或吉祥图案。以淡雅而优美的表现形式，不拘泥于自然景象的描写，将其归纳为纹样，以比较自由的莳绘形式来表现绘画一般的效果。

不过事已至此，也只能这样了。如今我的内心充满了完成重大责任后的喜悦。从今往后，我打算继续修身养性，培养神清气闲的心境，接着自在地享受作画的乐趣。

美人画，是画家专画美人的画种，现在一般认为成型于浮世绘之后。说起浮世绘画家，我喜欢的有铃木春信[1]和宫川长春[2]。

最近在年轻人中流行的女性画，我无论如何也喜欢不起来。

虽然不是说女性画就一定要画美人，但既然作为艺术、作为美术，如果作品只是一味地给观者以不愉快的丑恶感，其艺术价值就大减了。因此，虽然每个人有每个人的艺术观，但看看最近流行的女性画，全是肥胖到像中毒了似的脸、手和腿，简直就像是女相扑选手，给人太多的不愉快之感。就算不追求美，至少也不能让人感觉不快吧。

我当然清楚画家要画的主题不一定非要受限制，有时候说不定也要画叫花子。即便如此，我也认为真正的画家应该超越叫花子的外表丑恶，画出不会让观者感受到不快的画。叫花子虽然是叫花子，也一定会有能体现出艺术感的地方。发掘出这种艺术感，并将之表达出来，就是画家的使命。就算是要画出丑女之丑态、幽灵之恐怖的时候，真正的艺术，也绝不会给观者以不愉快的感觉。我认为真

[1] 铃木春信（1725——1770），日本画家，浮世绘早期的代表人物。致力于锦绘（即彩色版画）创作，以描绘茶室女侍、售货女郎和艺伎为多。受中国明末清初『拱花』印法的影响，在拓印时往往压出一种浮雕式的印痕，自成风格，称为『春信式』。铃木春信对明和时代的版画有着决定性的影响。

[2] 宫川长春（1682——1752），日本浮世绘画家，作品多描绘元禄时代的歌舞伎、风俗和美人。其作品线条柔顺，色彩丰富。代表作为东京国立博物馆藏《风俗图》和大和文华馆藏《美人图》。

正的艺术是不会让观者觉得不快的。

虽说如此，每个人也都有自己的偏好。我自己也不是说没有偏好。但我自认为对美人的“美”，没有偏见。圆眼睛的姑娘甜美可爱，细长眼的女性优雅高贵。长脸圆脸，都有各自的特色，每个人都有可称为美人的地方。这样看来，什么样的人才是美人，就没有固定的说法。

时代也是如此。桃山[3]有桃山的特色，元禄有元禄的风格。非要说的话，我倒觉得现代的风气是艺术品位最差的。至少，我非常讨厌现代人一味追求时髦的样子。

现代女性的装扮也好，化妆也好，与过去相比，各方面是大大地进步了，也更加便利了；但为什么风气却变得这么品位低下呢？这是因为，女性们对真正适合自己特点的风格没有认真深入的思考，只是随大流地追逐所谓的流行时尚。不管适不适合自己，二百三高地[4]流行的时候就梳二百三高地，三七分流行的时候就梳三七分；长脸的人也好圆脸的人也好，瘦高个也好矮肥圆也好，都是一样的风格，因此一点也不协调、不统一、不顺眼。

最近在电车里，像过去那样梳着椭圆髻[5]和文金高岛

[3] 桃山时代是日本丰臣秀吉统治的时期。上承战国时代，下启江户时代，是中世纪向近代的转型期。因秀吉居住在伏见城，附近山上有桃树而得名。

[4] 二百三高地是日本女性的一种发型，前额和两鬓梳成屋脊状，日俄战争后流行。

[5] 椭圆形发髻一般是已婚妇女的发型。

田髻[6]般高雅发型的人越来越少了。倒是有许多人头上顶着像用手团出来的马粪一般的发型，不管穿着多么高级美丽的服装，也不显得好看，真是可惜。有时候我不禁变得浅薄起来，要画个圈圈诅咒现代的风格。

如果一个女人能抛开流行，而去深入地思考真正适合自己的风格，那么她想不变美都难。我呀，无论如何都觉得过去的发型是最适合日本女性的。

要是问我过去的日本女性中最喜欢谁，可能很多人会认为我不会在乎外貌而是看重内心。实际上，我喜欢的是《朝颜日记》[7]中的深雪和战国时代的淀君[8]。内向温柔的深雪，和好胜如男子的淀君，作为女性，呈现出完全相反的性格，但我却非常喜欢她们二人所展现出来的个性。还未变成盲人的深雪，从小手箱里取出扇子[9]，扇面上写着“露水尚未晞”的和歌，正沉浸在不为人知的恋恋不舍中，突然听到脚步声，急急忙忙间，将扇子藏在胳膊弯下面。我曾经画过这一瞬间的深雪。淀君我还没有画过，但我想总有一次要画画看。

[6] 文金高岛田髻是江户时代未婚女性和宫女的发型。

[7] 《朝颜日记》，木偶剧净琉璃的一出。

[8] 淀君即浅井茶茶，织田信长之妹阿市的女儿，丰臣秀吉的侧室，丰臣秀赖的母亲。大阪城陷落后与秀赖一同自尽。

[9] 扇子是深雪与情人的信物，上面绘有朝颜花。

德川喜久子[1]公主即将嫁入高松宫[2]家，为了再增添一件新婚家具，京都大学的新村博士代表众旧臣来到我家，拜托我画一架屏风。我大概是在去年九月的时候接受这一委托的。但我最初并没有同意。第一，如今的皇太后陛下还是皇后的时候，我就接受懿旨绘制《雪月花》三幅对图，虽然已经呈上画稿并获宫内近臣阅览，但一直拖着没有完成。第二，在有限的时间里要画出用于婚礼的喜庆屏风，就意味着其他的画作又要往后拖了，而且也不知道能不能画出符合圣意的画来，所以我再三拒绝了新村博士的请求。不过后来听新村博士说，喜久子公主一直很喜欢我的画，这次也是公主特意向天皇请求而传下的旨意。而且就算不是全新的画，只要完成我事先画了一半的作品也可以。听了这么恳切的话，我突然想到当时在巴黎展览会上展出的作品——一对双曲屏风中的一架，年底应该就会回国。那是前年在圣德太子[3]奉赞展览会上展出的作品，题为《少女》，画的是德川中期的两个小镇姑娘。我告诉新村博士，只要再画一架屏风，与《少女》凑成一对，就算辛苦一些，应该能如期完成。就这样，最后我还是接下了这个任务。

[1] 德川喜久子（1911——2004），幕府末代征夷大将军德川庆喜的孙女。

[2] 高松宫宣仁亲王，大正天皇第三子，后继承有栖川宫家的香火，宫号改为高松宫。

[3] 圣德太子（574——622），飞鸟时代的皇族、政治家，用明天皇第二子。母亲是钦明天皇之女穴穗部间人皇女。作为推古天皇时的摄政，与苏我马子共同执政。圣德太子在国际局势紧张的情况下派遣遣隋使，引进中国的先进文化、制度，制定冠位十二阶和十七条宪法，意图建立以天皇为中心的中央集权国家体制。

进入初秋，我也潜心进入新作的立意和构图。因为已经画好的那架屏风画的是德川中期的小镇姑娘，为了与此相对应，我想最好还是画同一时期的风俗，于是脑海中浮现出之前在帝展[4]中展出的作品，画的是背对背站着的中年妇人。我想画一位品位高雅的城镇上流妇人，傍晚，她坐在庭院中的长凳上，望着纷乱盛开的胡枝子[5]。构思这幅画的时候正好是胡枝子盛开的时节，为了画胡枝子的写生，我连着好几天清晨出发去高台寺[6]。

妇人穿着黑色的薄衣，隐约透出薄鸠色[7]的衬衣。形象参考了前年参加帝展的作品中的向后站立的妇人，侧着脸，衣裳长长地垂下，坐在长凳上，脚踝附近生着两三枝胡枝子花，增添几抹风情。那架画好的屏风中的两个少女的腰带和衣服颜色都相当华丽，为了形成对照，新画的这个妇人就尽量选择朴素的衣色来配，胡枝子叶的颜色也刻意不用写生画那样生机勃勃的青绿色。实际上叶子更加纷乱繁茂，也故意画得萧索单调，以体现幽寂的感觉。

从十月开始着手画，到十二月大致上算完成了。然而，

[4] 即帝国展览会。

[5] 胡枝子，属蔷薇目，豆科胡枝子属直立灌木，分枝多，卵状叶子，花冠为红紫色，是『秋七草』之一，是和歌中常常出现的秋季的风雅意象。

[6] 高台寺是日本名刹，位于京都东山灵山之麓。高台寺与著名的清水寺相邻不远，是祭祀丰臣秀吉的正室北政所的古寺，造型宏伟壮丽，奉祀丰臣秀吉与北政所的灵屋以大量桃山时期的萬绘装饰，使高台寺又被称为萬绘之寺。

[7] 薄鸠色，似斑鸠羽毛的透着淡粉的浅灰色。

十一月底了，在巴黎展出的作品还没有回国。一打听才知道巴黎的展览结束后，又运去比利时参展了。要是凑不成一双，一切都没意义了，发电报去外国问那架屏风什么时候能回国，结果是无论如何都应该来不及了。这时候已经是十二月了。没想到，最后这两个小镇姑娘也必须得重新画了。这真是完全打乱了我的计划，但也没有别的办法，最后我还是决心着手重新画。幸好以前画的草稿还留着，将它们誊到画纸上，已是十二月过半了。

构图完全和以前一样，而把左边蹲着的姑娘的衣服颜色改成了淡红色系，与右边站着的姑娘的淡紫色衣服相对应。原本蹲着的姑娘的腰带是浓绿色，上面有银粉画表现的金线刺绣，新画的腰带上添了喜庆的凤凰纹样。画中还有令人联想起春天、翩翩飞舞的蝴蝶，数量稍作调整，从四只改成了三只。原本早就能完成的，又拖着拖着，到最后的几天我每晚都画到凌晨两三点。

这样，最后完成搁笔，是一月二十六日的凌晨两点。前前后后四个月，倏忽而过，可以说是我近期全心投入的创作了。

关于风俗画的时代

以前，我常自称是“但凡明治末期以前的风俗，只要有人拜托我画，我就能画那个年代的风俗”。总的来说，我所画的内容里，过去的风俗画比现代的要多。想起作品里所画的时代风俗，几乎所有的时代我都画过。要说起更古代的，比如参加第九回文展[8]的作品《花筐》，就是取材于谣曲《花筐》，我记得背景是继体天皇[9]的时代，相当久远了。大正六七年[10]的时候，应该是在京都的林新助氏纪念展览会上，当时的参展作品画的是清少纳言，是竖幅画，大概有三尺到三尺五寸。在那之前的明治二十七或二十八年的博览会上，我记得也画过清少纳言。回想起那时候，我曾以新田义贞[11]呀、平重衡[12]呀、源赖政[13]呀等古代人物为题材，也画过大石内藏助与阿轻离别的场景和朝颜日记里的深雪，总之画过许多时代的不同风俗。不过回想起来，还是德川时代的风俗画的最多。

德川时代中后期的风俗，不知为何对我有很大的吸引力。当然我并不是特意只画这个时代的风俗，但要是说起

[8] 即文部省展览。

[9] 继体天皇，日本第二十六代天皇，公元 506 年即位，531 年让位于皇子勾大兄（即安闲天皇）。

[10] 即 1917——1918 年。

[11] 新田义贞（1301——1338），幼名小太郎，正式名为源义贞。为镰仓幕府末期到南北朝时期之名将，河内源氏一族，新田氏第八代当主。曾经辅佐后醍醐天皇，灭亡镰仓幕府。但后被足利尊氏打败，自刎而死。

[12] 平重衡（1157——1185），是平安时代末期的武将、公卿和歌人。他是平清盛的第五子，擅长和歌，文采出众，武艺高强，勇力过人。而且相貌堂堂，因此被比作『牡丹』。

[13] 源赖政（1104——1180），日本平安时代末期武士，源仲政长子。

姑娘，还是这个时代的姑娘有温文尔雅的气质，而且这个时代的梳子呀簪子呀发笈呀等等发饰和其他装饰品，花样种类多，总之想要画些什么的时候，第一个浮现脑海中的就是我深感兴趣的德川末期的风俗了。

到如今我也不是说刻意不画现代风俗。也许不知道什么时候可能会想画吧。但是帝展中展出的现代风俗画只一味强调写实性，我不想画那样的作品，我要是画的话，就要试着加入一些古典的意味。因此看了帝展上的作品，就会觉得“唉，不是这样”“唉，也不是那样”，就是遇不到称心如意的作品。为什么只注重于写实的现代风俗作品不能引起我的共鸣呢？非要说的话，应该是这些作品对于后来演变的眼花缭乱的流行元素，没有理想的归纳和理解，而令我不满了吧。

关于年轻女性的画家志愿

与男性比起来，女性在绘画修行的道路上，要伴随着更多的困难。我家里有几十位年轻女性练习绘画，其中也有一两人立志舍弃一切、将一生奉献给绘画事业，其本人下了决心，家人也表示支持。但一般来说，女性到了一定的年纪，就会因为家庭或其他的事情，不能坚持最初的志向了。

要将一项艺术事业贯彻始终，对于男性来说亦属不易，对于女性，更是若无超凡的坚强意志而不可得。必须要有常人之上的拼命努力、刻苦学习、不认输于任何人的坚强决心和意志。即便对他们有所点拨，也未必保证画家的工作都能进展顺利，一旦半途而废就容易陷入可悲的结局。我经常收到来自远方、素昧平生的年轻人的来信，说“无论多苦也好，请让我一边在您家厨房帮佣，一边跟您学习画画吧”之类的话语。一般我是不予回信的。但要是一而再、再而三地来信还不回就有点说不过去。京都、大阪一带的人则更甚，有很多人只是看了帝展的作品就沾沾自喜，连自己有多少天分也不清楚，就轻浮地被虚荣心所驱使，起了“要成为画家”的念头。在成为独当一面的画家之前，不仅要长年累月的磨炼，还要花费相当的资财，要是临时起意，想着做画家是立竿见影的事，就大错特错了。我在信中写了这类的意思，至今断了不少年轻女性志愿成为画家的念头。

女性的画道修行，真是难啊。需要相当的、无法言说的忍耐。就算是我，至今也不知道有多少次愤恨不已。但愤怒、吵架，有能起什么作用？正因为知道这一点，我不知道有多少次忍住泪水，咬紧牙关。画家不是胆小懦弱的人能做的工作。

关于对业余爱好的解释

我总的来说，算是个身体结实的人。这大概是遗传自老母亲吧。但老母亲最近中风卧床了。不过，我的母亲不仅身体结实，还是个意志坚强的人。父亲死后，留下我和姐姐两个孩子，母亲一力担起了父亲的茶叶铺买卖，将我们养育成人。

遗传母亲，幸而我是一个结实的人。比起耐热，我更耐寒。因此从十月到来年的三四月份，是我精力最充沛的时候。喜久子公主的屏风绘制，也正好是在我的身体状态最好的时候，不管怎样工作总能贯彻到底，要是在六七月份可就不行了。

我以前曾在杵屋六左卫门派[14]的师傅的门下，学习和训练三弦曲的演唱和弹奏，如今都作罢了，只有谣曲还坚持着。每月四次，金刚流[15]的师傅会来我家，我儿子松篁、

[14] 近世前期以来的长歌的宗家。长歌，又称三弦曲，是日本近世的一种三味线音乐。

[15] 三弦曲的流派之一。

儿媳妇多根子和我三个人一起练习。我觉得绘画之外的事情都是专业以外的业余爱好罢了，也就没能全身心地投入，也没什么干劲。三味线也好、三弦曲也好，最初谣曲也好，我都是这么吊儿郎当的。最近倒想着就算是业余爱好，既然要做了，就努力做好。正好有六七个同好，也全都是女性，每三个月集会一次练习三番谣，我也就是在这个时候认真投入地学习谣曲的。下一次的集会上我被分配演《小锻冶》[16]中的配角，虽然还不熟练，但已经被分配了角色，多少也要认真来练习了。听高手演唱的谣曲，其曲调中的抑扬顿挫具有不可言说的微妙风味。为了达到这种境界，仅仅听、品位是不够的，虽然很难，我也决定要自己努力看看。

像这样，决心深入探究艺术更复杂困难的境界，并为此付出努力，与绘画之路上的苦心是共通的。我学习谣曲，几经周折最后也能在绘画上起到作用。因为是画家，就一味埋头作画，则会让思维和画风都陷入死板狭隘的境地。我投入地学习谣曲的初心，说起来也是为了让自己的艺术哪怕有些微的成长。

[16]《小锻冶》，能乐的一出剧目。讲述铸剑名匠三条小锻冶宗近在稻荷明神的帮助下铸出好剑的故事。

我有一幅作品取材于谣曲的《砧》，但是原歌词中并没有特别说明时代背景，因此我就自作主张以德川时代的元禄到享保年间的人物来表现。最初我想画横幅，并把侍女夕雾也画进去，但是由于尺寸受限，就变成了这样的构图：长七尺七寸，宽四尺。

话说九州[2]的芦屋地区有位门第高贵的武士，因为牵涉到诉讼案子而上京。本以为是短期旅行，却已过了三年，武士的妻子在家寂寞地等待丈夫归来。第三年的秋天，跟随武士上京侍奉在身边的侍女夕雾回来了，高兴地向妻子汇报说武士回家的日子近了。两人正说着话，不知从何处传来了响声。妻子问："那是什么声音？"夕雾回答是下层女子捶打捣衣板的声音，并讲了一个故事：传说中国的苏武被流放在胡地的时候，远在故园的妻子心念着丈夫，不论寒暑都击打着捣衣板，这声音甚至传到了远隔万里的丈夫枕边。

听了这话，妻子说，那么我也来试着击打捣衣板吧。夕雾劝阻说，这可不是良家贵妇干的活，可是夕雾还是被妻子的真心打动，在房间中摆上捣衣板，两人一起击打起

[1] 《砧》为能剧大师世阿弥创作的能曲，但是年末丈夫仍旧未归，妻子绝望身亡。丈夫回乡后，在妻子敲砧处为妻子招魂，妻魂显现痛斥丈夫。据说日本古时有丈夫不在三年妻子可再嫁的习俗。——参考王冬兰主编《日本谣曲选》（吉林出版集团有限责任公司）。

[2] 九州，属于日本地域中的九州地方，又称为九州岛，是日本第三大岛。旧为筑前、筑后、丰前、丰后、肥前、肥后、日向、萨摩、大隅，共九国，遂称九州。

捣衣板。这就是谣曲《砧》的情节梗概。下面的句子很好地再现了这个场景：

说起敲砧忆往昔，
两人在此多亲近，现只徒留我一身。
手将和服铺展平，衣上满泪痕。
满腹愁肠何处诉，上前来敲砧。
夕雾急忙站起身，随后紧相跟。
敲砧曾消怨与恨。

秋意正浓，圆圆的满月从云层中探出来，妻子仰面看着夜空一隅的月亮，一边思念着远在京城的丈夫，之后一起敲砧的妻子和夕雾的模样，我刻意画得既似肖像又似佛像。砧是涂了黑漆的，让灯台上的烛光也摇曳闪烁了。

（昭和十三年）

那是日俄战争结束后不久的事。

我儿子松篁所在的初音小学的校长来家里拜访，对我说：“想在学校的讲堂里装饰一幅您的作品，请您画一幅能够给儿童们以教育训导的画赠送给学校吧。”

这是件好事，如果一幅画能给千千万万的儿童以好的影响的话，作为从事绘画事业的人来说，没有比这更愉快的事了，于是我就接受了这一任务。不过说起教育训导的画，到底要画什么好，我却犹豫不定。当下没有立刻拿起笔，而是花了很长时间思考主题。

之后，校长先生再三拜访来拜托我，但我对于画什么思来想去，始终没能想出合适的主题来。

一天，在一本偶然阅读的书中，看到的以下的和歌，深深地触动了我的心：

终日的辛劳，也是佛祖赐予我生而为人的恩惠。

真是杰出的和歌啊，我心想着，进而了解到其作者税所敦子女史的故事，一下子就找到了画的主题。

作为近代女流歌人的税所敦子，是相当出名的。她的

① 税所敦子，幕末至明治时代的女性和歌诗人。

名声不仅是由于她出色的和歌，还因为她在孝道上也是为人楷模的典范。

敦子女史最初跟随千种有功[2]学习和歌，二十岁时嫁给萨摩的藩士税所笃之。

然而女史的幸福很短暂，八年后，二十八岁的敦子的丈夫离开了人世。

女史在丈夫死后，前往萨摩[3]侍奉婆婆，其孝行感天动地，在此就不一一列举了，总之她不顾自己的身体，一心一意地服侍婆婆，没有给自己留后路。

之后（明治八年），其才华为人所惜，女史出仕宫中，任掌侍[4]之职。丈夫和婆婆去世后，敦子将全部身心放在和歌上。

我一边在画布上描绘税所敦子女史那至高至纯的美丽心灵，一边不知道暗中为之落了多少次眼泪。丈夫死后，特地远赴萨摩国，为侍奉婆婆而尽孝道之极。我想一定要让下一代的年幼学童们体会敦子女史这至高的美德，夜里也不怎么睡而努力作画。我抱着无以言表的愉快心情，将

[2] 千种有功，江户后期的公卿、和歌诗人。官至正三位近卫权中将。

[3] 萨摩藩，正式名称为鹿儿岛藩，为日本江户时代的藩属地，在九州西南部，在江户时代，其领地控有萨摩国、大隅国和部分日向国属地。

[4] 掌侍为日本古代后宫内侍司的三次官，其上级为典侍，最高长官则为尚侍。

这幅画送给了初音小学。

画作完成是在明治三十九年，自那以来已经三十八年了。只要一想到期间有许许多多的学童看到这幅画，能够认同女史的孝行，我就觉得直到今天，也能感受到当初画作完成时的愉悦心情。

今天，不论是西洋画也好日本画也好，模特都是很重要的。而我回首过去四五十年前的画坛，那种东西简直不存在。

我第一次在展览会上展出的作品是《四季美人图》，那是明治二十三年，在东京举办的第三届劝业博览会上。当时我只有十六岁。

如今回想起来，因为年轻，笔法尚且稚嫩。因为没有模特，就对着镜子摆出各种各样的姿势，把自己的镜像画下来作为草稿，就这样画出了最初的《四季美人图》。

《四季美人图》是宽二尺五寸、高五尺的绢本画，描绘了四位女性各自在春夏秋冬四季所处的景色，实在是极其简单的东西。首先是春天，画的是四人中最年轻的少女，站在梅花和山茶花丛中。夏天的少女比春之少女要年长一些，就像是年纪相仿的姐姐，穿着绣有红叶漂流水花纹的罗纱和服，梳着充满清凉感的岛田髻，配景是富有夏日风情的金鱼和竹帘。秋天的女性比夏天的少女更要年长，可以说是位少妇，弹奏着琵琶。不论是她的和服还是配景的色彩，都洋溢着秋天沉寂安静的氛围。最后到了冬天，画的是一位上了年纪的女性，在雪中欣赏一幅画轴。

如果要说我是怎么构想《四季美人图》的题材的话，其实也并不是什么特别深思熟虑的结果。从万物萌芽的春天到一年中最鼎盛的夏天，到树木的叶子寂寞地飘散的秋天，最后是自然万物都沉沉入眠的冬天，我不过是把这一年的四季更迭，配以最为应景的美人画出来而已。人的一生中也有春夏秋冬四季，我只是想试着分别画出不同年龄阶段的模样。说起来，真是极其孩子气的构想啊。

当时的我完全没有因画而产生过痛苦、绝望和怀疑。为了思考绘画的素材而绞尽脑汁，是我的乐趣。画画不是苦恼，而是能得到快乐的事。

画这幅《四季美人图》时我十六岁，说起来还是个半大孩子，当时作画的心情也是有些天真的。后来回想起来，当时真的没有特别绞尽脑汁、殚精竭虑地创作。

“老师，我想这么画，您看如何呢？”

“嗯，这样画就好了。”

就是这样，真是以一派孩子的天真气来面对绘画的呀。

完成一幅画，费时颇久。

说起用以绘画的纸，当时一般是用普通纸来练习，如果是需要特别装饰用来展出的作品，就用绢本来画，但比起在绢本上作画，在纸上作画难度更大。

第三届劝业博览会在东京召开，我们京都画坛的作品要在前一年的明治二十二年十二月由京都府厅打包运送去东京。展出的人选是各自的老师从自己的弟子中，自由地甄选出的。

“鼓起干劲，以展出作品为目标好好画！”

“这孩子的绘画天分还不错，鼓起劲画吧……”

像这样，与今天的审查制评选方法不同，只要能展出就没有“合格”“不合格”之分。最后，以自选的形式，让各位老师选出满意的作品展出。

我记得铃木松年先生的私塾里就有十五六幅画展出了。

但是东京的博览会是有审查的，根据审查员的审查来区分获奖等级。一等上是铜牌，没想到我获得了一等褒奖。

获得一等褒奖的时候真是高兴啊。毕竟当时还是个十六岁的小丫头，根本没想到啊。

当时英国的皇太子殿下正好驾临日本，来到了博览会会场，偶然看上我的拙作，让我的作品获得了被皇太子买下的荣光。

当时这样的事情在京都是很少见的，报纸上刊登了很多我的画作、我的介绍。正好在前些天，我偶然间找到了四十多年前在京都发行的《日出新闻》，觉得很是稀罕，就读了起来。那上面刊载了我在劝业博览会上展出作品的新闻，我觉得非常怀念。

那时候我的亲戚里，有一位叔父对我学画的事非常反感，对我母亲送我去上绘画学校十分厌恶。

“上村家的姑娘，学什么画，以后打算干什么呀？”他经常嚷嚷着来我家责难，但母亲又不是受别人或亲戚照顾才能生活，所以一向不作理睬。

然而，正是这个叔父在报纸上看到了我在博览会上的展出作品得了奖，态度突然为之一变，得意扬扬、欢天喜地，还特地跑来我家里庆祝。从那以后，这叔父就成了我的，呃，用今天的话说就是“粉丝”吧，对我非常爱护，我参加的展览会一个不漏地去看，赞不绝口。

两年后的明治二十五年，我以同样的题材、同样的干劲，创作了《四季美人图》展出，这是因为在之前的劝业博览会上展出的《四季美人图》大受好评，农商务省指名让我再画一幅，作为芝加哥博览会的展品。为此，我还得到了六十日元的奖金。于是我完成的画被木板框裱装好运送出去了。当时的六十日元，对我来说算是天文数字。

毕竟，当时京都画坛里展出作品的画家除了我之外，好像就只有岩井兰香先生了。兰香先生当时已经是六十岁的高龄了，我简直就像是获得了破格的待遇。我记得东京的迹见玉枝[1]先生也有作品参展。

这幅《四季美人图》获得了二等奖，美国的报纸上也登载了刊有我大幅照片的新闻报道。

当时寄过来的刻有蔓草花纹的银牌，至今还留在我的手边。

记得当时为我的画装裱的京都芝田堂的店主——芝田浅次郎先生听闻我得奖，就像是自己的作品入选一样，第一时间来给我庆祝。

[1] 迹见玉枝（1859—1943），明治、昭和时期的日本画家，[illegible]

十八岁的我能与东京的迹见玉枝、野口小苹[2]两位女史，以及京都的岩井兰香这位名声赫赫的女画家为伍，在博览会上展出作品，而且还得了奖，让母亲高兴地直流眼泪。想起来这已经是令人无限怀念的旧事了。

[2] 野口小苹（1847——1917）大阪生人，习南宗画，为皇宫绘制屏风而知名。华族女学校教授，亦多年在宫内任职帝室技艺员，是明治时期著名的女画家。

《汐汲》是我费了相当苦心、花了很大努力的作品。特别是在画的色调方面，我相当费心。为了取得均衡的画面，我画了好几次素描，直到自己觉得基本满意了，才开始正式动笔。

这幅画虽然算不上什么大作，但整体上体现了我自身的笔触风格，我自己觉得还算满意。本来，能让我觉得满意的作品，都是难画的，严格来说，这幅《汐汲》绝非完美之作，但绝对可以说是我付出了相当努力的作品。

《汐汲》是一支优美的舞蹈，它美化了海女[2]的形象。但不管怎么说，这画不够讨喜，也就是说并非新式的作品。不仅不是新式作品，还可以说是非常传统的描绘方法。但我常常想的是，如果连我这样的人也不守护旧式画法的话，在新式画法流行的现代，就会变得没有人画这种作品了。恐怕美人画也会绝迹吧。

绘画评论家们对过去的美人画的艺术价值有各种各样的看法，而我却不忍心看着具备独特的纯日本风格的美人画灭亡。当然，时代的趋势在变化，新的美人画——姑且

[1] 《汐汲》描绘的是一位汲取朝水的美人，因为思念出远门的爱人，时常头戴爱人所赠的帽子，身穿爱人赠送的花衣，在海边翩翩起舞，等待爱人归来。

[2] 海女，以潜入海中采拾海藻、贝类等海产为业的女性。

就称之为美人画吧，总之女性画的描绘方法自然会改变。但与此同时，我心知自己不想让旧式的日本风美人画灭亡，不仅不想它灭亡，还希望前辈的大师和后进的新秀们，能多少对美人画有些了解、认可，进而鼓励研究和创作。

可以说《汐汲》是我付出了相当努力而完成的作品。本来，我对于敷衍了事、赶着交差的画，能不画就尽量不画。经历了这次的大地震，人心一变，对于有些画家像从前那样画了些赶工交差的画，有声音指出这实在是无法认同。我呢，虽然画不出优秀的画，但也不会画自欺欺人的画。

我的梦幻之国，我的思慕之花，是打开此世艺术的极致之境的能乐。我认为，只有沿着能乐的精微幽妙之路，才能从人间抵达艺术的世界。

我在本次文展上展出的作品虽然取材于能乐里的《小町草纸洗》，却并非原封不动地把能乐里的场面画下来。我所画的小町，是普通人物的样貌，虽然穿着与能乐中同样的壶折[1]两裆背心和鲜红的宽腿裤，但是脸上并没有戴面具。然而，我还是在人物的脸上保留了能乐面具的特点，表达了我想充分体现能乐味道的心情。这幅作品取材于能乐，却以普通人物为载体，包含了我个人的主张和偏好。

我在上一届的文展上展出的《序之舞》，也是关于能乐的。一般来说，能乐都有后续，我想也有期盼着后续的鉴赏家，这也是我作为能乐爱好者的乐趣，因此希望多画几幅这样的作品。

说到底，所谓能乐，完全是另一番天地。特别是在这

[1] 把下摆提起掖到腰部的穿法

杂乱无章的时代，能乐简直就是与现世泾渭分明的梦幻之境，当然也有现实的部分。从嘈杂喧嚣、千头万绪的俗世世界一脚踏入能乐的领域，我们的耳尘即被优雅的乐音所拂去，眼前尽是典雅美丽、高洁华贵的色彩和姿态，和文雅大方、精妙幽微的动作。目之所见，耳之所听，皆是现世中难以眼见耳闻的遥远的历史世界——简直就像是被引入恍惚之境，我们的魂魄将彷徨在分不清梦幻与现实的世界里。

沉静美丽、华丽古香的衣裳飘动摇曳，宽松缓和的衣褶线条的姿态和动作，点缀着昔日的画面，让人如临其境，显现出静寂的感觉。这种微妙的感觉，不是肤浅到可以口说言明的。

能乐面具是超越了喜怒哀乐的无表情，但如果是出自名匠之手、又为名家所戴，那幅面具上就会显出鲜明的喜怒哀乐之情。我曾经观赏过金刚严[2]先生的能乐《草纸洗》，深深为那精妙的艺术所感动，想着下次试着将此画出来。

[2] 金刚严，能乐金刚流派沿用的名号，此处指第一代金刚严（1886——1951）。

《小町草纸洗》，众所周知，是这样的故事：在宫内的和歌比赛中，大伴黑主[3]嫉妒小野小町，腹黑的黑主事先在歌集中写下小町的和歌，再污蔑小町的歌是剽窃自《万叶集》。他举着《万叶集》称这就是证据，平白蒙冤的小町于是把歌集拿到水里洗，洗掉了新写上去的和歌，揭穿了黑主的奸计。

这幅作品赶在十月十二日送出，好不容易赶上时间，真是让我倾注了不少心血。

松篁在创作《羊之画》，夜深了，我悄悄地瞅了眼松篁画室那边，灯还亮着，那么就还是在作画了。我想着，自己也不能输给他，就又拿起了笔，母子相互竞争着勉励自己作画。

松篁也是相当热心于绘画了，那么会画出怎样的画呢——

[3] 大伴黑主，平安时之歌人（生卒年不详），六歌仙之一。

《花筐》是我在第九回文展上展出的作品，创作于大正四年。

这幅画在我为数众多的作品当中，从很多方面来说都应该算在大作之列，关于创作这幅画，我还留有许多回忆。其中，关于对狂人的研究，如今想起来还觉得有些妙趣。

这幅画与《草纸洗小町》和《砧》一样，都是取材于谣曲，是一曲戴着美丽的舞台面具表演的狂言。

谣曲《花筐》，据传是世阿弥[1]所作，虽然不确定到底是不是这样。

故事发生在继体天皇统治时代——住在越前国[2]味真野乡下的大迹部皇子继位为继体天皇，不久上京游玩时，将一封书信和一个花筐作为纪念赐给了宠爱的女子照日前——而照日前则带着花筐追随君王的足迹前往玉穗之都，正好碰上君王出行观赏红叶，就在君王的必经之路上等待。

照日前的可爱身姿映入君王眼帘，于是得以召见。君王想起了越前国的种种，于是宣旨让照日前在御前表演狂

[1] 世阿弥（1363——1443），日本室町时代初期的猿乐演员与剧作家。北大著名教授刘振瀛评价：『他的著作，几百年来，能乐师奉为圭臬，同时也是阐明日本古典美学的重要著作』。

[2] 越前国，古代日本令制国之一，属北陆道，又称越州。越前国的领域大约为现在福井县的岭北地方及敦贺市。

人之舞。因为此舞，照日前复又得宠，伴驾君侧。

这就是《花筐》的故事梗概。伴随着照日前的华丽衣裳，和表现出狂人表情的凄美能面，让人呼吸停止般如临其境，其情状难以比拟。

我虽然打算画照日前的舞姿——也就是狂人的发狂姿态，但感到为难的是，我对狂人不甚了解。

在《阿夏狂乱》[3]之类的戏剧中虽然看过女人的发狂样子，但阿夏的狂乱是被情欲的火焰点燃的疯狂，与花筐中“优雅典雅的疯狂”有所不同。

即便同为“狂乱”的舞台，阿夏和照日前的疯狂是大相径庭的。

原本，戏剧舞台和能、狂言的舞台就是不同性质的舞台——因为有此不同，对于画家来说，狂言中照日前的疯狂之态与阿夏相比，是更难刻画的。

阿夏的狂乱是彻底的，而照日前是奉旨故意做出狂乱的样子。从这点应该可以看出阿夏和照日前狂态的不同吧。

[3] 歌舞伎『狂乱物』也叫狂女物，主要是围绕贩卖人口事件，以表现母亲因失子而发疯，或者是女性为恋人而疯狂的主题。其中的名剧之一有《阿夏狂乱》。

有人告诉我，要想见狂人，可以去岩仓村。

位于京都北边深山中的岩仓村的精神病院，在关西的此类医院中当属一流。虽说“一流的精神病院”这种说法有些古怪，总之，京都的岩仓医院很有名，是与东京的松泽医院并称的名医院。

虽然去了岩仓就可以看到狂人，但我担心，不知道能不能正好找到美丽的狂人作为照日前的模特。后来有人告诉我说，“某户人家的小姐也在那里静养，是位美丽的人，应该合适做模特”。于是我决定花上几日与狂人朝夕相处地生活，便出发去了岩仓村。

所谓狂人，有的静静地坐着，有的埋头专注于自己手里的事情，看了他们这样，我不由得怀疑这些人真的是狂人吗？并不觉得他们与一般人有什么不同。

从外观来看，他们浑身上下没有异于常人之处，乍一眼看上去很难区分是狂人还是正常人，但走近仔细一看，就发现他们做事的指尖和普通人不一样，我开始觉得果然还是有点奇怪的吧？

喜好围棋的狂人同好们、喜好将棋[4]的狂人同好们，

[4] 将棋即日本象棋，一种流行于日本的棋盘游戏。下文中的王将、飞车、桂马均是将棋的棋子，与象棋一样有各自的行走规则。

各自分组下棋作战。从稍远处观看他们的姿态，实在是庄重坦荡。虽然看起来是位出色的棋手，可走近一瞧，王将歪着飞过去夺下敌方的飞车，桂马越过三四个敌方的棋子深入腹地，不动声色地将敌方的王将绞杀。

王将被杀，他们的将棋也不结束。在我看来，实在是毫无规则可言，他们对将棋的兴致却如泉涌不绝。从早到晚，不，是日复一日地，毫无规则地下棋，不知厌倦。

总之看起来挺有趣。最初，我觉得他们是在胡来，但看着他们每天都重复这样的事，不禁想：说不定，这就是他们之间通用的将棋规则呢？

总之，我开始这么觉得。

这么说，狂人的棋法是不是很厉害呢？我想到。比起在既定的规则下走棋，按自己的想法自由奔放地飞马也好，杀王也好，将敌军的棋子全灭也好，都能心无芥蒂地下棋作战，一局能下一整天，在自由的作战规则下我取你的子、你取我的子……对于他们来说，应该没有比这更有趣的竞技了。

如果，将棋没有既定的规则，那么他们就绝对不能算是狂人，而是普通人。

他们噼噼啪啪地下着棋，还看着其他的狂人，说：“他们疯了，不能跟那种家伙交往啊。”

好像狂人都坚定地认为自己不是狂人。而且，把除自己以外的人都看作狂人。

狂人的脸与能面相似。

因为狂人很少有表情，让人觉得像是在看能面具。

开心的时候、悲伤的时候、愤怒的时候，狂人的表情都没有什么变化。

想来，丧失了“感情自由”的他们，在内心是不是很少有高兴、哀伤、愤怒的心情变化呢？

生气的时候，狂人会以动作表现，但很少在表情上有所变化，这是狂人的特征。意识到这一点的我，在《花筐》中照日前的脸上画出了能面的特点。

这一招在《草纸洗小町》中也用过，画狂人的脸和画能面，是差不多的。

本来，能乐《花筐》中，用的是孙次郎[5]、小面[6]，观世流[7]用的是若女面[8]，宝生流用的是增面[9]。我在参考以上的基础上，写生了“增阿弥”的十寸神面具，将写生

[5] 孙次郎，能面具之一，代表相貌温和的女性。

[6] 小面，能面具之一，代表最年轻的女性，表情可爱美丽。

[7] 观世流，和下文的宝生流，是能乐的不同流派。

[8] 若女，能面具之一，高雅年轻的女主角使用。

[9] 增，能面具之一，带有神性的女主角使用。

下来的面具画成了活人——也就是照日前的脸。

能面和狂人的脸的相似之处非常吻合，用这个方法，我画出了心目中的狂人之脸。

狂人的眼中闪烁着不可思议的光。虽然狂人的一个特征是，视点总是投向虚空，但他们的视线果然还是和普通人一样，对着谈话的对象——至少，狂人自己是把视线对着对方的，但从对方看来，那视线是投向旁边的虚空之处了。

因为画过狂人的画，我感到这种“空虚的视线”真是非常难用画笔表现。

从岩仓村回来后，我还把祇园的雏妓头发弄乱，画下她们做出的各种姿势；还让甲部[10]的艺伎们以狂乱的姿势跳舞，写生下来以做参考。但是，我想果然还是数日间观察真正的狂人坐卧行止，成为参考的坚实基础，让我将关于狂人的种种都能看透。实地观察取材，是最重要的。

我更加感受到，艺术上单凭想象就创作，是很危险的。

[10] 甲部有祇园的练舞场。

我很少在帝展上展出作品，今年打算画一幅。话虽如此，最近才开始着手，明天才想着开始研墨。题为《杨贵妃》，构图中，贵妃刚刚出浴的美丽肌肤被轻薄的绮罗包裹，凭栏望向宫殿中的花园。本来，说起出浴的场景，好像听起来有点下流，实际上不是如此。我想表现出极高的品位，贵妃全身在绮罗之中，脂玉一样的肩膀和雪白的胸脯因为刚刚出浴，皮肤泛着潮红……贵妃旁边有一位侍女。

我常看诗集，特别喜欢诵读白乐天，其中感怀最深的是《长恨歌》。因此想着什么时候以此为题画一幅。这个夏天在大阪举办的展览会上，我画了一幅杨贵妃的半身像，于是这次准备展出一幅全身像。

关于杨贵妃的服装，在准备期间我去博物馆参观了很多古老的参考资料。在日本的话，从天平时代到奈良王朝，都有那个时代的衣装、家具和建筑的样式。如果按照《长恨歌》里的内容，画的时间背景应该设定在春寒料峭之时，后来我改成了夏日。

（大正十二年）

《舞仕度》

《舞仕度》这幅画，我从平时就想着什么时候画来看看，但一直没有着手。九月十日去祇园新地拜访歌蝶小姐，她把大嘉的舞伎介绍给我。我只画完两遍写生，就赶紧着手正式作画。画四个人物实在是很费功夫，有整整半个月我每天晚上都只能睡一个小时。这样夜以继日地画，到了第七天下午四点终于渐渐地画到末尾了。自己都不知道怎么就画完了，仍旧沉醉在创作中。

《母子》

大概是祇园祭的时候吧，那是很久很久以前的事了。中京地区有一家很大的商店，店铺前挂着幅美丽的竹帘，那上面的花鸟画实在是艳丽华美，在我脑海中留下了深刻的印象。

有一年，我想着要配着这个竹帘画点什么人物。我在脑海中试着让各式各样的人物站在记忆中的竹帘前，最令我称心的是一对母子。这就是昭和九年[1]在帝展[2]上展出的《母子》。

[1] 1934年。
[2] 帝展，即帝国美术院展览会。

《萤》

真要说起画这幅画的动机，也没什么特别的，只是曾经看过一句关于蚊帐的俳句——我忘了是一茶[3]的还是芜村[4]的了——读来觉得很有趣。但当时也没到想要为此画一幅画的程度。

夏天来临时，突然唤起了我关于蚊帐的记忆，想到蚊帐配上萤火虫应该会很有趣，于是开始创作这幅画。

但是，只有萤火虫的画也太不显眼了，不用说，这幅画是以美人为主角的。画的是美人卷起蚊帐，傍晚的凉风拂来，不经意地发现帐内飞入几只萤火虫的情景。

美人卷蚊帐，听起来很香艳，但我想这幅画的关键就在于把这样的场景描绘得流畅高雅。因此美人表现的是良家妇人的形象。时代背景设定在天明朝[5]更早些，当时美人穿着浴衣，因为正要就寝，细细的腰带在侧边打了个结。

因为是傍晚，所以我尽量让画面充满清凉感。蚊帐和服装都选用水青色的搭配就是为了表现清凉感。同时，还

[3] 小林一茶（1763——1827），日本江户时期著名俳句诗人，本名弥太郎，别号菊明，二六庵等，主要作品有《病日记》《我春集》等。一茶早识忧患，长年贫病潦倒并多次经历丧亲之痛，但他性格刚强，感情丰富，苦难没能使他屈服而流于虚伪矫饰，阿附取容，也没有能消磨他对天地万物的强烈的爱，因此他的句风别开天地，自成一家。

[4] 与谢芜村（1716——1783），本姓谷口，别号夜半亭（二世），画名谢长庚、春星等，江户时期画家、俳句诗人。芜村二十岁前后丧失家产，漂泊至江户，拜师学习俳谐，寄寓于芭蕉传人早野巴人的夜半亭，为江户俳坛所瞩目。以后十年间游历各地，致力学画。后名声大振。1767年继承夜半亭俳号，发展成为一代宗匠。

[5] 天明是日本的年号之一。在安永之后，宽政之前，指1781年到1788年的期间，江户幕府的将军是德川家治、德川家齐。

要注意不要陷入下流，服饰的花纹我都尽量选择了高雅的模样。

服装的花纹样子其实并无实际根据，只是画着看上去像是那个时代用的东西。总之，这幅画的题材本来是会令人联想起花街柳巷的，却反而表现出了楚楚动人的清洁感，我很顺利地就完成了。

（大正七年）

贰

逝去之美

失われた美

浮世绘画家的手绘画，具有与锦绘[1]不同的风味。这次展览陈列的有屏风、挂轴、画卷、画帖等多种多样的展品，数量多达两百余件。这样的展览会是值得一看的。我也去看了，体会到很多有意思的地方。

这些手绘差不多都是宽永[2]前后的作品。虽说这次展览是以手绘作品为主，但锦绘繁盛的近世[3]的画家作品，却不多。比如明治时代后有名的大苏芳年[4]的作品也没有。

之所以让我觉得“以宽永前后的作品为主”，大概是因为这个时期有很多没有落款的上乘之作。总之，近世画家的作品要是更多一点，就好了。

年代更久远点的作品里，有俵屋宗达[5]和又兵卫[6]的画。画的是版画中常见的景色，画着年轻男女拍手球的屏风也在展览之列，这幅作品的出色自不必说，无落款的作

[1] 锦绘：一种彩色印刷的浮世绘版画形式，鲜艳华丽。

[2] 宽永是日本的年号之一，指的是元和之后、正保之前，由1624年到1643年的这段时间。

[3] 近世：这里指江户时代末期。

[4] 大苏芳年：即月冈芳年(1839——1892)。又名一魁斋芳年，晚名大苏芳年。日本江户时代末期著名浮世绘画家。芳年十一岁时入歌川三代国芳门下学习浮世绘，成为由国芳确立的『武者绘』继承者，后来又学习西洋素描、解剖、透视，并将之融入浮世绘创作。晚年他重新归于传统题材『美人画』。是一位富有传奇色彩的人物。其作品曾受到日本文坛巨匠芥川龙之介、谷崎润一郎、三岛由纪夫、江户川乱步的激赏。

[5] 表屋宗达：日本画家，身世不详，只知他开过『屋』字号的画店。

[6] 岩佐又兵卫（1578——1650），日本江户时期的风俗画家，出身武士世家，其将大和绘与水墨画技法相结合，开创风俗画风，作品以历史题材为多。

品中，也有不少有趣的画。不用说，这是当时画家的妙笔所生之花，但究竟是谁的作品，却无法得知了。虽然我也能猜到几分，但想象终究是想象罢了。作品的好坏和有没有落款没有关系。

以我所见直言，浮世绘之所以盛名传世，到底还是版刻的结果——也就是说锦绘比手绘更胜一筹。春信也好荣之[7]也好喜多川歌麿[8]也好，手绘都不及锦绘的神韵。浮世绘果然还是应该在锦绘上赏玩啊。

锦绘所拥有的如梦境般艳美的韵致，或者说味道，渗透到人的灵魂深处的柔软魄力，在手绘上都难以体会到。不仅仅是前述的春信、英之、歌麿，所有的浮世绘画家的手绘与锦绘相比，都显得粗糙，色彩也不及锦绘来得优妍典雅，却是显得僵硬生涩了。

所以，欣赏过锦绘之后再来看手绘，总觉得哪里不太一样，不禁有点生疑：“哎，这是春信的画吗？这难道是歌麿的画吗？”恐怕当时的画家们看见自己所画的作品成为美丽的锦绘的时候，也会不由得微微苦笑：“啊，居然

[7] 鸟文斋荣之（1756——1829），江户时期浮世绘画家。

[8] 喜多川歌麿是江户时代中期的浮世绘名画家。

能做成这么好看的画来啊。”

我觉得手绘和锦绘之间，就是有这么大的区别。虽说并非百分之百都是这样，但十有八九是如此。然而还是有非常杰出的作品，比如葛饰北斋[9]的画，手绘也能有不输于版画的效果。展品中有竹内栖凤[10]先生的藏品，是北斋所画的《镜前之女》，不论是运笔还是色彩，在强有力的基调中透着柔和的光辉，毫无疑问是绝佳的作品。

总之，多数观点认为，在春信之后，锦绘总体上比手绘要更胜一筹。因此，恐怕就不能把锦绘的价值完全归功于画家本人的能力了。那工巧的雕刻，精美的印刷，经过一道道流程，才制作出这样繁复出彩的艺术品。锦绘的诞生，不仅仅是因为有画家，还因为是有了这些工人的努力。

看手绘的画，笔触并没有那么流畅，也没有纤细的美感，而是更僵硬刻板。可一旦变成锦绘，线条就变得非常流畅、纤巧了。这确实该归功于雕刻工人出色的技艺，让线条呈现出如此柔和的效果。

[9] 葛饰北斋（1760——1849），日本江户时代的浮世绘画家，他的绘画风格对后来的欧洲画坛影响很大，德加、马奈、梵·高、高更等许多印象派绘画大师都临摹过他的作品。

[10] 竹内栖凤（1864——1942）日本画大师。平山郁夫曾经说过：『栖凤画技高超，作品注重写实，具有普遍性，这种写实性对当时留日中国学生的影响是巨大的。』

接着说色彩。锦绘的色调远比手绘图要优雅、有层次、充满风韵。我想这必须要感谢印刷工人的精湛手艺和高超品位。

所以我觉得，从各个角度来看，要欣赏浮世绘画家的作品，与其直接看手绘，不如通过锦绘来欣赏，要来得更让人惊叹。这就像透过霞雾来赏花，花朵反而更有风致、更加动人。

与其他风物的变迁相比，京都舞伎的模样，改变得还算不大明显，但是也能听到，传统的世界受到时代波涛的击打声。舞伎的发型、发簪、服装式样等，与从前相比，发生了很大改变。过去的纯正京都风，后面的发髻很突出，抹上厚厚的发油，将头发平整得油光水滑。最近流行的发式是不抹发油，突出清爽蓬松的感觉。

夏天要插银制的芒草式发簪，看着就让人感到清凉。现在虽然也插芒草式的银簪子，但是芒草的形状却不像过去那样草叶合拢，而是散开的。衣裳的花纹也变了。过去，多以裾纹样、友仙纹样等沉静流畅的花纹为主，现在的花纹都变得粗犷恣肆了。

我还清楚地记得明治十五六年时，风俗的细微变迁。我想，有必要趁现在把这些流逝的美用画笔记录下来。我要是不画，之后的人们就算看见了画，也不能实地去亲眼见证了，就又多了一处不能以画流传世间的地方了。舞伎最好是年轻的姑娘，刚刚出师、不谙世事的样子才好。虽然身材娇小，姿势却端庄，小也有小的妙处。画舞伎时最要紧的是在她身子中央、下垂的腰带。她们“啪嗒啪嗒”地拖着腰带，飒飒簌簌地挥动着振袖和服的长袖子，一边绰约地走着，带子随之令人爱怜地摇动，这情趣正是京都舞伎的全部生命所在。

舞伎的服装也有很多种，一般来说，长袖子，腰带比袖子稍微短一点点，是最好的。最近吉川先生画的，是松本阿贞穿着舞伎服装的样子，那古典的美丽真是如惊鸿掠影啊。

我喜欢应举，和那个时代

这不是什么值得特别一说的感想：我对应举[1]，和他所处的那个时代，抱有特别的憧憬。那沉静优美的画风，流畅的描法，真叫我喜欢得不行。像现今这么赶时间，终究是画不出大作来的。那个时代的画家们，都优哉游哉、随心所欲地积累画功。大概是三十年前吧，有个叫如云社的画家集合展览会。如云社定下每月的十一日，不论是哪个画派，都可以带上自己喜欢的一幅两幅作品来，陈列在一起，互相鉴赏品评。景年[2]曾经展出过画风潦草的画，栖凤和春举也还年轻。会场中间铺有红地毯，还设置了茶位、摆了火盆。人们在出色的画前面坐下，久久不离。交流起绘画理论来，百家争鸣，悠然舒畅。再对比如今，这么一想，不由得觉得应举的时代真真是令人追慕不已啊。

[1] 圆山应举（1733——1795）日本画家。他重视实景写生，画过许多写生帖，藏于圆满院的《难福图卷》和《雪松图》是其代表作。他的障壁画溶透视法、实物写生和东方传统于一体，极富装饰性。晚年作品《保津川图屏风》被认为是他的集大成之作。

[2] 今尾景年（1845——1924），名永欢，字子裕，号景年，斋号聊自乐居、养素斋，是日本明治时期京都有名的画家，擅长花鸟。他十四岁即师从铃木百年学习圆山派写生，并青出于蓝。《景年花鸟画谱》以一年四季花鸟为主题的写生作品，分『春』『夏』『秋』『冬』四部，共一百三十四幅画，描绘的题材异常丰富，花鸟几乎无所不备，而且禽鸟造型准确逼真，无论飞、动、栖、止，姿态皆自然生动。

一直以来，我没怎么画过月食的风景，所以在胸中浮现出画一次看看的想法。

那幅作品画的是宽政年间良家少女的风俗。夏夜，站在开阔的庭院里纳凉的时候，突然想到“今晚是月食呀……”，于是拿出最适宜观看月食的镜子。少女仰面眺望天空，心情轻快而不平静，虽然是以这种俯瞰的视角来画，但夜更深的时候，反而显得有些凄凉，所以就以天刚黑不久时的月食为主题，表现夏夜的纳凉风情。

我画画不怎么使用模特，但是这次想要摹写漂亮的脸型，于是请祇甲的万龙先生和阿久先生来家里两个小时，让我画了脸部的素描。如果这算模特的话大概就是这样。进入九月，我才着手画《月食之宵》，快要展出的时候才终于画好，我连仔细看一眼的时间也没有。

（明治四十三年）

[1] 宽政时代（1789——1800），此时代的天皇是光格天皇，江户幕府的将军是德川家齐。

今年夏天真的感到心情舒畅。之所以这么说，是因为今年六月完成了皇太后陛下下旨所要的三幅双御用画，正好此时陛下御驾京都，于是得以呈上圣览，真是可喜可贺。

报纸上说这是完成了二十一年前的旨意，回想起来是大正五年[1]的秋天，第十回文展[2]期间，我接到了陛下的旨意。原来，已经过去了二十一个年头了啊。

那时候我四十二岁，在第十回文展上展出了作品《月食之宵》。当时，现在的皇太后陛下还是皇后，每年都驾临文展，据说尤其对绘画抱有浓厚的兴趣，那一年正好留意到我的《月食之宵》。我在京都的家中，突然收到电报："邀请您来御前挥毫作画"。于是赶紧上京，有幸在文展的会场——府立美术馆内，于御前作画。所画的是镰仓时代[3]的白拍子[4]。

御前挥毫的荣誉，之后也有幸获得过两次。大正六年[5]，陛下行幸京都时，在京都市工会堂，我画了一位享保时代[6]的少女，正倚着梅花树听莺鸟的初啼。题名为《初音》。

[1] 1916年。

[2] 文展：即文部省美术展览会。

[3] 镰仓时代（1185——1333）：是日本历史中以镰仓为全国政治中心的武家政权时代。因源赖朝于1185年击败竞争的武士家族平家以后，在镰仓建立幕府，故名。

[4] 白拍子：平安末期、镰仓时代的女扮男装表演歌舞的女子。

[5] 1917年。

[6] 享保时代（1716——1735）：江户中期的年号。

还有一次是在大正七年[7]的文展会场上，我画了藤原时代[8]红叶狩[9]的风俗，呈贡圣上御览。在御前作画的时间有限，所以画的都是即兴之作，颜色也使用淡彩，画完就直接呈给圣上。

最初在御前作画的时候，当时皇后宫太夫[10]的三室户伯爵告诉我，要呈给陛下二幅至三幅的组图。我赶紧开始绞尽脑汁构想，然后在美浓纸[11]上画了《雪月花》三组图的构图草稿，让伯爵代为呈上。陛下赐言："这样就好了，尺寸大小应该是如此……"自那时起，每年春天来临时，我就对自己说：就是今年了，今年一定要专心在御用画的创作上，静心凝神。然而，这边那边都在催促我完成之前所答应的画作。"自我父亲那一代就麻烦您了，可是一直未能如愿，这次是孙子要娶媳妇，请无论如何也在那之前给画一幅吧"——被这么请求，就怎么也回绝不了，想着"哎，那就再画一幅吧"，就又开始动笔画别的作品了。

我的画本来是工笔画，不论是多小的东西，也不能一笔挥就。绞尽脑汁地思索构图、画草稿，从最初拿起笔到最后完成，相当花时间。而且，不论是什么用途的画，我

[7] 1918年。

[8] 平安时代（794——1192），藤原氏以外戚身份摄关干政两百多年（898——1184）。

[9] 古代日本人们把秋天在野山观赏红叶叫做『红叶狩』，那是上至宫廷下至庶民都看重的活动。

[10] 太夫，古代日本的官名，五品。

[11] 美浓纸是日本的一种印书纸，原来只有高档线装书上才用。纸质洁白，纸纹细腻。

都一定会使出自己眼下全部的精力和心血，就算是相当着急的请求，我也没办法敷衍了事。就这样，时间被一件又一件的工作填满，分身乏术。要是轻松随便地画，就能三笔两笔画完，转向下一个工作；但是御用画是作为永久御物来保存的，关乎名誉，必须得使出所有精力。越是这么想，就越往后拖。秋天的时候我又有上交展会展品的任务，之后健康状况又欠佳，于是又往后拖延。不知不觉间时光飞逝，真是令我诚惶诚恐、心痛不已。

这两三年来，我的身体非常健康，静下心来决定今年一定要呈上画作。而且，为了表达拖延多年的歉意，我决心要呈上一组超凡的杰作来。正好三室户伯爵也说，今年六月，时隔多年未临京都的皇太后陛下会来巡幸，让我努力赶上这个时间奉上作品。

从早春二月，我拒绝了其他所有的请求，排除杂事，专心着手于御用画的草图绘制。为了考证藤原时代的服饰，有时出去写生。四月时完成了满意的草稿图，终于在宽二尺、长五尺六寸的绢上画出了《雪月花》组图中“雪”的一幅。

每天早晨五点起床，漱洗干净，我就把二楼画室的窗户全部打开。如此一来，画室里就盈满了清晨里净爽的空气。然后再把窗户关严实，整日在画室里工作。清晨，昆虫还躲在树木枝叶的阴影处安眠，尘埃也仿佛在空气中静止了。画室之中能一整天保持清净。

除此之外，颜料在不用的时候也要好好盖上盖子，一粒灰尘也不能掉进去。我对其他事情或许粗心大意，但是只要关于画的事情，可是毫不吝惜自己的。如果颜料弄脏了，或是摆放散乱，就绝不能画出充满清洁感的画来。就这样，我继续努力着，在终于画好雪之图的时候，三室户伯爵来了京都，看了我的画说："这真是一幅杰作啊。请无论如何赶上六月间皇太后陛下的行程，为了能在行宫呈上作品，请继续加油吧。"

终于，六月二十日，《雪月花》的三幅图完成了。画的是藤原时代的贵族风俗，分别以雪、月、花为主题。雪之图可以看作是模仿借鉴了那幅《清少纳言》。

二十四日，由三室户伯爵陪同，我前往皇太后陛下所在的行宫，禀告前来呈上画作。第二天的二十五日，恰逢陛下的诞辰，三室户伯爵觐见的时候，陛下正好在观览画作，听说陛下当时面露满意之色。

“就是今年，今年一定要完成”——虽说我连睡梦中也这么想，但自受命以来，已经过了二十一个年头，真是诚惶诚恐。不过，这二十年间对绘画的研究也让这幅作品更上一层楼了。我虽然充满了歉意，但是这幅要长久留存在宫中的作品，我已经毫无保留地贡献出了自己全部的力量。

叁

我愿望中的事物

私の願い事

脸的时代变迁

美人画的脸的审美，也是随着时代而变迁的。过去的美人不知为何，脸总是拉长的样子，让人感觉有点呆头呆脑。在歌麿以前，大部分是多福豆[1]那样的脸，之后变成了瘦长的面具般的脸。不过在任何时代都能称得上美的，应该首推瓜子脸吧。

脸的中心

如果要问美人画的脸最需要着力刻画的是何处，那一定是眼睛了。眼睛的描绘最重要，就算别处稍微有些欠缺，只要眼睛画得好，整幅画也能出彩。

画中人似作画人

非常奇妙的是，画中人物的脸，总的来说，与作画人有相似之处。有时候，即便画的是猫呀鹿呀之类的动物，也与画家的脸相像。这是因为画家在镜中与自己的脸朝夕相对、日夜研究，所以一拿起笔，就自然地浮现在画中了。真是可笑的事呀。

[1] 日本人在节分时会在家中撒豆子，说着『鬼出去，福进来』，称为『福豆』。这里指像豆子一样圆鼓鼓。

自己做模特

我不是不用模特，只是要让模特展现出我想要的状态会非常麻烦别人，这样反而增加了我的心理负担，于是不如自己来做自己的模特。

我买了两面大镜子，只要作画需要，我就在镜子前或站或坐，然后临摹自己在镜中的身姿，作为绘画的素材来研究。当然，自己做自己的模特，并不是说把自己的样子原样画下来就行了，必须要在素材的基础上做出变化。我的影子也给了我很大的参考灵感。白天镜子中还会映出外面的景物，有时候怎么着都感觉不太对，这时候就没办法写生出喜怒哀乐的表情了，也就没办法用自己来做模特了。

（明治三十八年）

曾有位画家说，画家画画是件辛苦的差事；然而有的画家又说，这是件富有乐趣的工作。

画家画画，到底是苦，还是乐呢？

要说这个问题的答案，哪一边都不是完全正确。对于我们画家来说，作画这件事既有苦，也有乐。

为什么这么说呢？其实很难解释，如果本人不是画家，是很难明白的。如果是创作者，一开始就能懂得这句话的真谛。

创作绘画，实际上是很辛苦的。如果不辛苦，且不提作品价值的高低，是无论如何也很难画出令自己满意的作品来的。

但是，只有苦，也是画不出好作品的。至少，我想是很难画出让自己认同的作品的。

画本身要求着快乐。如果不能快乐地作画，那么这幅画到底是与画家的期待相违背的。虽然这么说，仅仅有快乐，也是创作不出好画的。创作，就是苦中作乐。

创作绘画，实际上是很辛苦的。虽然如此，作为画家，必须要在苦中寻找乐趣。苦中作乐，看起来是很矛盾的，实际上绝非如此。

对于画家来说，创作的辛苦绝非单一的苦。这份苦，对于画家来说，归根到底是无上的快乐。要理解其中的意思，必须是身为画家的本人在创作绘画作品时，感受到心境中无上乐土的显现才能体会。

画家埋头创作的时候，正是无我的乐土广布之时，精神澄澈、心境平和，一丝一毫的俗事人情也不能干扰。如果不能达到这番境地，就是“伪画家”。

对辛苦的事感到痛苦，对快乐的事感到快慰，这是再理所当然不过的了。但是，献身艺术的画家如果把创作绘画的苦痛，只当做单纯的苦痛来看，身为画家，就有点失去在艺术中的游刃有余了。我们画家，至少要有苦中作乐的渴望。

这不仅仅是关于画的问题。我平日里学习谣曲，经常去参加金刚严先生举办的集会。

我的谣曲水平就相当于初学者，自不待言，我的水平还是半吊子。但这果然与画一样，是以快乐为第一目标的。

在谣曲会的席上，有时候我不得不唱。席上坐着一排的名师和厉害的前辈，最初我有些怯场唱不出来，不过后来稍微习惯了这种场合，就彻底忘我，居然能扯开嗓子放声高歌，自我陶醉地唱完。

我一唱起来简直如入无人之境，也不管曲调的抑扬顿挫，毫无顾忌地从头唱到尾——松篁说看到我这样，真是吃了一惊。

但是，我自己倒觉得这样很好。金刚先生也说，看到我这种唱歌的态度，真是禁不住地从心底感到愉快，这比什么都好。

我想，这种感觉与创作绘画时是一样的。

创作绘画、练习谣曲，绝非不辛苦。但是，画家要苦中作乐——这正是创作的第一条件吧。

最近，听说有些只会在创作中叫苦不迭的年轻画家。对此，我在这里想说，只有那些能在苦中享受到乐趣的画家，才是真正具备画家气度的。

回顾自己的作画经历，有时候喜欢德川时期的锦绘题材，有时候又受到中国风的强烈影响，经历过很多变迁。

因此我的绘画主题有从历史中选取的人物，如明治二十八年第四届内国博览会上展出的《清少纳言》，以及之后的《观义贞勾当内侍》《重衡朗咏》，还有小野小町、紫式部、和泉式部、衣通姬[1]等宫中的人物、上臈[2]、女房[3]，等等；也有从中国历史中取材的“唐美人”。

这是因为我学习了不同时代的背景知识，受到各种形式的影响而不断画出来的，也可以说是试作或者习作。因为我从幼时起就不论个人好恶地学习汉学、历史，以充实自己的修养世界。特别是学到与绘画有关的知识点，我的学习热情会比平日多一倍，津津有味地记下来。

我最初跟随的儒学者是市村水香先生，夜间去先生处学习汉学的朗读和讲义。

当时立志做画家的人几乎都要学习汉学，这是素养也是基础。

所以大家都去各自的汉学私塾学习，我也曾经常去长

[1] 衣通姬，五世纪初的允恭天皇之妃。她拥有绝伦的美貌，特别是白皙的皮肤透过罗衣光照耀眼，故而人们叫她衣通姬。

[2] 上臈御年寄，德川幕府时期将军的后宫——大奥里的女官，在女官中地位最高、身份最尊贵，出自京都公家，多为中级朝臣的女儿，作为御台所（将军正室）陪嫁侍女进入大奥，负责照料御台所并给予意见，无实权。

[3] 女房，宫中的高级女官，贵族侍女。

尾雨山先生处听《长恨歌》的讲义。

另外，寺町本能寺也成立了汉学研究会，我也常去那里听汉学讲义。

有时候我会跟老师请假，或者忙于创作抽不开身，缺席的时候也有，但总之是长期坚持去的。

说起学习，我也去博物馆，学习中国的古画、绘卷，有时候为了参考佛画，还特地带了便当去奈良的博物馆。

虽然我对绘画主题的偏好因时代而变，但从多角度学习各种主题的过程，对于我来说是无上的愉快体验。

回想从年少时开始的研究主题的变迁，大概是从南宗、北宗到圆山四条派，再到土佐派和浮世绘，之后还有博物馆、神社佛阁的宝物法器、市井的古画屏风，我不断摄取它们各自美丽的地方，从而形成了今天我自己风格的画风。

《盛放》

《盛放》是我二十六岁时的作品，也可以说是我绘画事业的一大划时期作品吧。

所描绘的是那个时代京都仍保留着的新娘风俗，这幅画的构想起源于我祖父曾担任经理的和服店家的女儿出嫁。

“小津会画画，又能干，能不能请你来帮忙给新娘穿衣打扮呢？”新娘的父母来拜托我。在去给新娘帮忙的时候，我速写了新娘的姿态，包括花冠、节、发簪、扬帽子[4]等等，连随侍的母亲那系在前面的带子也速写下来了，这些素材之后帮了我很大忙。

现在新娘穿衣服都到美容院了，还能把其他大小事都打理好，当年就只是亲戚朋友过来帮忙。

由我帮着穿衣服的新娘，害羞的神情里带着喜悦，看着她把自己的身体托付给女性的亲戚们打扮的样子，我感到这就是人生的盛放时刻。

因此，我把那天的光景移到了画布上，捕捉了偷窥华丽的婚礼现场的新娘那害羞不安的神情，和随侍的母亲表现出强烈责任感的紧张瞬间。这幅画在明治三十三年的日本美术院展览会上博得了意外的好评，从当时的画坛大家的作品中脱颖而出，获得了银牌三席的荣誉。

可以说这也是我的盛放时刻，结出了华丽绚烂的硕果。

[4] 女性用于防尘的头巾。

（获奖顺序）

金牌 《大原之露》 下村观山

银牌 《雪中放鹤》 菱田春草

《木兰》 横山大观

《盛放》 上村松园

《秋风》 水野年方

《秋山唤猿》 铃木松年

《秋草》 寺崎广业

《水禽》 川合玉堂

恩师铃木松年先生对于以更优越成绩获奖的我，送出了最大的祝福，使我感到从内心涌出暖流的喜悦。

我将青春之梦寄托在《盛放》之中，它对我来说是终生难忘的作品。我作为闺秀画家的地位，也可以说是从那时开始确立的。

《游女龟游》

《游女[5]龟游》在明治三十七年京都的新古美术展览

[5] 游女，即妓女。

会上展出，是我二十九岁的作品。

游女龟游是横滨的妓院岩龟楼的一个粗鄙的妓女，当她落入不得不接待外国人的境地时，展现出了大和抚子[6]的气概：

露湿大和女郎花

花护佳人袖不沾雨[7]

她留下了这样一首辞世诗，以自尽来展现日本女性大和魂气概。

当时，连幕府的官员见了美国人、英国人都要俯首帖耳。可能是因为当时的什么政策，龟游不得不向美国人卖身。

怎么能屈服于美国人！龟游悠悠地吟出这首展现日本女性气概的和歌，慨然赴死，龟游这种激烈的精神，是如今的女性必须要学习的。

女人必须自强——这是当时的我画这幅作品想告诉世间女性的。

[6] 大和抚子，赞扬日本女性素雅、端庄秀丽的用语。

[7] 原文是：露をだにいとふ大和の女郎花，降るあめりかに袖はぬらさし。歌舞伎大师坂东玉三郎曾出演讲述龟游故事的歌舞伎《降るあめりかに袖はぬらさし》。

看到龟游的这首和歌，我也想起了水户地区的先觉者——藤田东湖[8]，他受龟游的鼓舞而高喊：“抗击英美帝国主义！”。

渡海而来美利坚，乌云掩日暗无光。
天日之邦本灿烂，振臂一挥显神通。
伊势海滨蛮夷近，神风乍起发神力。
滔滔海水洪波起，击倒黑船沉海底。

东湖的攘夷呼喊自然是激烈的，但龟游的辞世诗也展现了不输给他的气概。

《游女龟游》这幅作品也可以说是我的呼喊。

想起与这幅画有关的，还有会场的恶作剧事件。

因为是很罕见的主题，这幅画在会场中受到了相当的好评，画前的观众一直络绎不绝。

然而，也有嫉恨我身为女人而出名的人，一天趁着看守不注意，不知道是从哪里来的不道德者，用铅笔将龟游的脸涂得乱七八糟。

[8] 藤田东湖（1806——1855），幕末学者。藤田东湖之父幽谷是个尊王攘夷论者，东湖自幼受其父的熏陶，深受尊王攘夷思想的影响。

发现此事后，事务所的人来到我家，对我说：“发生了不得了的事了。不知道是谁把您的画弄脏了。就这么放着可不成，就趁早晨带来了，请您再改过来吧。”他们就只说了这些，连一点抱歉的意思也没有，我实在是看不惯他们那副不负责任的嘴脸。我当时正是从心中喊着“女人要自强！”而画的龟游，心中十分生气，于是这样回答：“到底是谁干的，真是卑鄙的行为。大概是对我抱有嫉恨的人吧，这样的话就不要弄脏画，直接拿墨汁来涂脏我的脸好了。就这么放着好了，我觉得没关系。偷偷地改过来这种软弱的事，我做不到。”

因为我是女人而态度轻慢的事务所人员，看到我的反应这么强硬，慌忙就看管不善向我正式道歉，于是我也就不再追究了。

当时展览会期就要结束了，本想将画就那样放着，有懂画的人来拜托我让出这幅画。因此我特地用黄莺粪便将画上的脏污擦去，让作品重见天日。虽然让出了这幅作品，但一直没有找到恶作剧的始作俑者。

《焰》

《焰》是我众多的画作中，唯一的一幅凄艳的画。

所描绘的是中年女人嫉妒的火焰——涌起的念头如同火焰一般熊熊燃烧的样子。

画的灵感最初是从谣曲《葵之上》中得来的，其中的六条御息所的生灵出窍，因此一开始画的题名是《生灵》。但又觉得有点过于露骨，对于用什么为题好而思来想去，在与谣曲的老师金刚严先生商量的时候，先生说：“‘生灵’又称作‘生魂’，但是如果叫‘生魂’，效果和‘生灵’又差不多——不如就叫‘焰’怎么样？”

受此指点，而且“焰”这个字又很有画意，于是我就这么决定了。

《葵之上》取材于光源氏时代[9]的故事，但我在画中选择了桃山时代风格的装束。

《焰》中的女子，被一时的强烈情感所蒙蔽，往好的方面说，是超凡的热情，足以激发人完成伟业，但要说不好的一面，这也是诅咒他人的怨灵的化身——女人的一念之间，根据去向的不同，可能是极佳的结局，却也可能导

[9] 这里指平安时代

致极坏的结果。

为什么要画这样凄艳的画呢？我自己回想起来也觉得很不可思议。当时我在艺术上遇到了瓶颈，无论如何也走不出泥沼的苦闷，于是把这种执着的心情都投入这幅画里了。

那幅画是大正七年画的，在文展上展出了。

画了那幅《焰》之后，我的心情不可思议地变得祥和，之后画的就是《天女》。

这是与《焰》中女子正相反的形象：温柔的天女在曼舞升天的姿态。感到无路可走的时候，对工作感到无能为力的时候，就像这样下定决心，试着做做大胆的尝试，未尝不是一种打开局面的方法。如今回想起来，我也能感到画中人物的可怕。

《序之舞》

《序之舞》是昭和十一年的文部省美术展览会上展出的作品，称得上是我所有作品中的力作。

这幅画可以说描绘了我理想中最出色的女性形象，体现了我十分满意的“女性之姿”。

这是一幅描绘现代上流家庭大小姐的作品。日本仕舞中的《序之舞》非常宁静，展现的氛围也很高雅，我就是想表现这一点，因此刻画了这样优美而凛然不可侵犯的女性气质。

《序之舞》是充满品位的舞蹈，我在其固定形式的基础上选取了二段下[10]的舞姿加以描绘。

我自认为画出了几分古典、优美、端庄的心性。

为了画这幅画，我参考了几位模特：儿子松篁的妻子多根子、谣曲老师的女儿、我自己的女徒弟，等等。我让多根子去京都最棒的梳发师傅那里梳了气质最高雅的文金高岛田发髻，还让她穿上出嫁时穿的大振袖[11]和服、系上丸带[12]，从而完成了构图。

最初我打算画梳着丸髻、气质高雅、朴素低调的年轻夫人，都已经开始画丸髻的写生了，但到了二段舞的内容时，就发现短短的留袖和服不合适。

袖子随舞翩翩之间，那美丽的曲线就是画的生命，所

[10] 能乐用语。

[11] 振袖和服袖子长而宽大，是未出嫁的姑娘的装束。出嫁后的少妇的和服袖子变短。

[12] 日本女子礼服带子，将带子面料折成两折，放入芯缝制而成。歌舞伎《降るあめりかに袖はぬらさし》。

以我赶紧重新将人物设定为穿振袖和服的大小姐。

发髻的蓬松度、鬓角的梳法、发饰的大小，即便只改变了一点点，也会丧失高雅和端丽的感觉。

如果不是女性而是男性，就很难注意到这些细枝末节。

关于这些细节，我真是费了不少心血。

我笔下的艺伎，不是只单纯地展现出娇艳之姿的艺伎，而更多描绘的是有个性、有气魄的形象，也有人说多少感到有些土气。

这一点在《天保歌妓》（昭和十年作）中也有体现——但这是我的兴趣，也真是没有办法。

《序之舞》后来为政府所购买，作为我的《草纸洗小町》《砧》《夕暮》等一系列迈入绘画成熟期的作品之一，也可以说是我的某次划时期的作品吧。

《夕暮》

不论从哪个方面来说，我母亲都是一位能干的人。擅长书画、裁缝熟练，我至今还好好保存着母亲缝制的和服和羽织。因为没有比这更好的母亲遗物了。

如前所述，我家那时候靠母亲经营着茶叶铺千切屋，同名的和服店家的女儿穿的和服好多都是母亲缝的。

母亲坐在日式房间里面，孜孜不倦、一刻不停地缝着，直到太阳下山，拿针的手也不停歇。

夕阳西下，四周变得昏暗模糊，母亲也丝毫没发觉，继续缝着手中的衣物。

我担心晚饭还没准备，一边孩子气地想着空空如也的肚子，一边在母亲身后老老实实地坐着，凝视着母亲的背影。

突然，静静地上下翻飞的针静止了。

“再有一会儿，只要再把这些缝完就行了……真是……太阳都下山了呀……”

半是自言自语，半是像对身后的我说，母亲小声喃喃道。她靠在纸拉门的旁边，把针举到眼睛的高度，右手拿着线头，一只眼闭着，另一只眼睛只留一道细细的缝，盯着针眼想要将线头穿过去……此时母亲的姿态，在我幼小的心灵中留下了无比认真、神圣的印象。

转眼之间，五十年的岁月过去了。如今闭上眼睛，当时母亲的形象也依旧映在我的视网膜上，久久不能消失。

我在第四届文展上展出的作品《夕暮》，其中所描绘的德川时期的美女上直率地寄托了我对母亲的追慕，也是我对幼时情绪的回顾。

我从开始学画画起就开始临摹，如今也常去博物馆之类的地方临摹画作。

差不多刚开始学画的时候，我就依样画葫芦地临摹松年先生、百年先生的作品了。

当时，只要有博览会，不论是什么场合我都不忘带上笔盒和临摹本，画许许多多的临摹图。

花鸟、山水、部分的绘卷、能面、与风俗有关的特别展出品，只要是我觉得不错的作品，我都贪婪地、一个接一个地画下来。

临摹本使用的纸没有规定，但我尽量选择用草浆做出来的好纸，用线装订起来使用。最近开始用薄的巯酸纸[1]，这种纸的正反两面都可以使用，在画花草之类的写生时很方便。今天的年轻人学习临摹都用铅笔，我则是用惯了笔盒和毛笔。

所谓画，最后一定要用毛笔——我日常临摹、速写常常使用毛笔。因而我用毛笔画出的线条也比较流畅，比起用铅笔，毛笔也更加能考验画家吧。这与写惯了钢笔字的人写不好毛笔字，是一样的。

[1] 浸泡在含甘油的硫酸溶液中制作出来的纸，表面光滑，呈半透明状，具有耐水、耐脂性。常用于黄油、药品的包装。

现在我手边的临摹本大概有三四十册。每一册的页数、厚度都各不相同，有很厚的，也有非常薄的。因此模样也各种各样，横的、竖的、大的、小的都有。

每幅临摹写生作品旁边我都记下了日期，回想起自己经历了千辛万苦画了这么多作品，就觉得十分怀念。不论经历了多少岁月，只要打开临摹本，当时的点点滴滴就浮上心头，充满眷恋。

啊，那幅画是……对了，封存在那边的大本临摹里的某一页，但其中最细微的点我都能清楚地记忆起来。

所临摹的原图，只要翻看我的临摹，就能马上回想起来，可以在脑海中鲜明地描画。这是因为我真的下了苦功夫啊。

展览会或博物馆也经常为我买复制作品的写真版，但因为不是自己辛苦画出来的，看了也回忆不出原画的真味和细微处的线条。

正因为如此，我才努力画临摹画。

很久以前，栖凤先生只要画了大作，我就一定会临摹。白天临摹的话会打扰到先生的创作，晚上太晚了又会给家里人添麻烦，于是征得先生的允许，我一大早去临摹。在学生们和女佣起床之前，我在微暗的天光下前往先生的画室临摹，经常把学生们和女佣吓一跳。

元旦的早晨，我钻进京都的博物馆里，一整天埋头临摹，把馆里的工作人员吓一跳。想起来真是令人怀念。

奋笔临摹的我既没有盂兰盆节也没有正月。

贯注了如此多心血凝结而成的临摹本，是仅次于我生命的东西——或者说，是与生命同等重要的东西。

前些天我家门前的街上发生火灾，画室的纸门被火光映得通红，火星从屋檐上沙沙地落下来，风向也变得很不利，我不由得想：“这下完蛋了。”

当时我想，这么多年住惯了的画室如果被烧了，也只能叹运气不好。马上，我就想到了我的临摹本。

我第一时间把所有的临摹本用包袱巾包裹好，一边思考带着它们逃出去的方案一边观察火势，万幸的是风向变了，附近有三栋房子被烧了，但火舌没有蔓延到我家。我终于舒展愁眉，安心地放下包袱巾。

为了防止意外再次降临，这堆临摹本被我用包袱巾好好包裹着，在房间的一角静静地放了一个星期左右。

一

虽然听说大阪有又兵卫的展览，但最终我还是没有去看。

宽永前后的风俗画中，又兵卫的作品特别杰出。数量虽然不是特别多，但佳作却不少。但是同样作者为又兵卫的作品，早期画的和晚年画的又很不相同，以至于有传说又兵卫这个名号其实不是一个人，而是有初代、二代。因为画风差异太大，也有人说当时或许有别人模仿又兵卫的作品。到了后世，这些作品便都被当成又兵卫画的了。

至今为止，我也看过不少又兵卫的作品了，前些年在祇园祭时，在一户人家看到了又兵卫的二曲屏风。我当时心想，这真是一幅佳作啊。后来，在另一户人家看到了一模一样的又兵卫作品，其图案花样与之前所见的几乎相同，传说也是又兵卫的作品。但是在我看来，后者与前者比起来，尚有不及之处。虽然这可能是又兵卫本人状态时好时不好，但也有可能是其他人模仿又兵卫的。虽然不能查个水落石出，总之，宽永前后这样风格的风俗画，大致彼此相似，又都传是出自又兵卫之笔。

二

自不待言，作品体现了作者独特的风格和品位，而且我认为也必须如此。最近有人来与我说起有关个人画展的事，我觉得在个人画展上，特别要直率地展现自己的风格。

这并不是说一定要费多大的劲，绢本也行纸本也行，形状不拘，随意自由就好。画完其他作品后，想着顺手再画点什么，然后把这些顺手画的作品一幅一幅地保存起来，再拿到个人画展上展出，反而会很有趣。

正是这类作品，很好地反映了作者的喜好和个性。如果陈列出十幅、二十幅这样的作品，会很有意思，但说起个人画展，我看到的多是刻意努力之作，反而很少见到反映画家真正的心情、体现画家内在情怀的作品。

我悄悄地来东京看帝展了。

我觉得如今的帝展，不知从什么时候起，变得与自己格格不入了。并不是说谁的作品哪里画得怎么样了，而是充斥着会场的花里胡哨的画让我感到不适。抓人眼球的画杂乱无章地到处都是，还有很多可以说是油腻的画占领了宽敞的会场，我仅仅是远观，就被大大地震惊了。

有人认为，如果不这么做，可能就与最近的大会场艺术不相称。如果不这么做，可能就吸引不了路过观众的眼球。但是，这么办下去，我觉得日本画只会慢慢沉沦下去。绘画的品位，无处可寻。下流的画、肤浅的画、花里胡哨的画，倒是挤在眼前。那就是所谓的“摩登”吗？如果不这么做，就不能体现出摩登的感觉吗？我觉得，不必这样为了追逐摩登而故意放弃品位、展出肤浅的画。

我不认为像那样胡乱堆砌，就能体现出绘画的深味。绘画深中之深的味道，是渗透出来的，不是这么堆砌出来的，连这个也不知道吗？

今年画坛中对伊东深水[1]先生的画作《秋晴》好评如

[1] 伊东深水（1898——1972），大正和昭和时期日本的东洋画家。少年时师从美人画家镝木清方。1922年和1939年两次到过中国。擅长『美人绘』，笔姿秀丽，色彩鲜明，属浮世绘派最后一个富有成就的传人。代表作有《银河登》《闻香》《雪暮》。曾任日本美术院院长的高桥诚一郎称颂深水是歌川国芳画派的最后一位大师。

潮，但老实说，我一点也没觉得感动。那幅画给人还差口气的感觉。

伊藤小波先生的《秋好中宫》虽然是去年的作品，我却很喜欢。可能是因为他的水平进步很大，画作可以体现出很多东西来吧。

和气春光先生的《华烛之宵》画的是面目可怖的新娘。

看了木谷千种先生的《祇园町之雪》，就让人怀念起很久以前的《远国》。

我已经上了年纪，已经被摩登的现代给抛下啦。虽说如此，我也不想勉强自己去追逐摩登。我要以我的方式，沿着我一直以来的道路笔直向前。

当然，我也想在帝展上展出作品。每年夏天一到，年轻人就开始准备展出画，我也有想要展出些什么的干劲。但是，最近两三年都没有好好准备这方面，还有前些年委托给我创作的御用画没有完成，而且嫁入高松宫的德川喜久子公主委托我画的二曲一双[2]屏风的期限也快到了。另一方面，还要准备意大利展的作品，如今每一天都陷入

[2] 屏风由几个横着相连的面组成，每一面称为『一扇』。根据折叠的扇数不同，屏风的形状可分为『二曲』『四曲』『六曲』等。左右可构成一对的屏风称为『双』，无法构成一对的称为『片双』。

泥沼。

给喜久子公主画的是德川时期的少女，坐在长凳上观赏胡枝子的画，与早年画好的两个少女的画合在一起成为一双屏风。十一月差不多能完成了吧。

意大利展的作品是二尺五寸宽的横幅画《伊势大辅》，与去年在皇室大典上画的御用画《草纸洗小町》成为一对，尝试了我迄今为止很少使用的厚重润色。

最近三四年，我要是不戴眼镜，画细线的时候就犯难了。但就算画得慢一点，长时间戴着眼镜凝视细线条，也会觉得非常疲累。意识到上了年纪，反而不想再每年至少画一幅自己想要创作的画了。趁现在，我想要画下属于自己的作品。

我最近在画一对妇女风俗的屏风，取材于德川末期的风俗，很快就要完成了。

这是给东京某户人家的。当然，画的主题基本上都由我安排，但我想要画一些特别的图，所以耗费了些时日。因为是夏天刚开始的时候接受委托的，画的主题自然限定在初夏季节。

虽然想好了大的主题，但具体要画什么，我可要多费心思，自然需要些时日。一天傍晚，我正在家中冲凉，正好来了一阵骤雨。雨停了，家里有人喊“彩虹出来了、彩虹出来了”。于是，我不假思索地从水里出来，只见东方的天际架着鲜艳的彩虹……当时，我立刻想到了这幅屏风的主题。我以彩虹为背景，排组人物，已胸有成竹。

像这样，被意外的兴致所打动，很快在心中浮现出构图时的我，能很快地画出大致的草图。

于是，右边的单面屏风上，前面画着竹长凳，一个少女端坐其上。长凳和人物的背后，开着夏萩。白色的夏萩花开得正好，在傍晚的雨后含露而笑。

左边的屏风上，是抱着幼儿的少女，我给她以彩虹作背景。

这一对屏风中溢出的气氛是，初夏傍晚的雨后，湿润的空气中轻轻地流动着凉爽之意。这凉爽与妇人的美相得益彰，如果能从中酿出一种清澈柔和的美，我想就太好了。

彩虹据说是由七种颜色组成的，而屏风上画的彩虹却并非是清清楚楚、明明朗朗的七色组合。如果要是画成清楚的七色，可能色彩上很美，但会破坏了整体的风格。为了不显出这样的破绽，我可是费了不少心思。

我曾经为德川喜久子公主出嫁时画的、现在供奉在高松宫家的一双屏风也是类似的风格，那上面也画了荻花。不过为了烘托右边画里的中年妇人，那上面的荻花是秋荻。

之前稍微讲了些关于感兴和兴致的事，对于我们执笔者来说，这份感性非常重要。根据兴致的高度、深度的不同，作品的风格基调也不相同。根据感兴和兴致创作出来的画——姑且不论简单的小品画——那些大幅的、耗时费力的作品，就算想要第二次再现，我想也是办不到的。

我在东京和京都看过两次帝展。看过很多妇人画，且不说好坏高下，那些浓油重彩除了让人吃惊之外别无长物。虽然说是会场艺术，不得不这么做，但涂了一层又一层，涂到昏天黑地，又在上面画线，我想这对于所有的画家来说，都是非常非常辛苦的。

看到那样的作品，就算是这么多年来久别帝展的我，每年也想着“今年一定要出展”。还有很多人也劝我参加，但是我要么是后来没那个心情，那么是被其他画债所追，终于还是没能画出参展作品来。

在东京看帝展时，我顺便也去看了已故画家的遗作展。但关于妇女风俗的画几乎没有。

其中，给我留下最强烈印象的，是桥本雅邦[1]先生用水墨在天花板上画的龙。其笔势相当有力，非凡至极。看了那幅画就知道雅邦先生不是寻常人。

这幅天井绘画满了天花板，而且很大，要是站着不动，就看不清全貌。于是主办方在四周建了台阶，让观看者站在台阶上向下俯视着看。

[1] 桥本雅邦（1835——1908）明治时期的日本画家。参与创立日本美术院，并成为核心人物之一。门生中有横山大观、菱田春草等人。其画作吸收狩野派的传统写实法、西洋画的焦点透视和明暗法，形成了折中的新日本画风格。作品有《秋景山水》《潇湘八景》等。

我也站在台阶上欣赏了画，实在是画得太好了。

雅邦先生画这幅作品时，一定也是充满亢奋的感性。或者说，如果不是如此，就画不出那样的作品。

我前面说过，因为高深的感性而创作出的画，很难再画第二次。关于这一点，有个小故事。

我曾经在文展上展出过一对屏风画《月食之宵》，画中的女子们将月食的影子映在镜中观看。这幅作品和这次的彩虹一样，也是兴之所至而创作的。

须磨[2]的藤田彦三郎先生非常想要这幅画，虽然很快提出要买，但一时之差，我已经把画卖给了弘前的某人，没法再给藤田先生了。藤田先生非常可惜，恳切地对我说，希望我能够挥毫再画一幅一样的屏风。虽然我姑且算是答应了，但无论怎么想，都没办法画出那种程度的作品，而且，就算画出来了，终究与最初的画是不一样的。最终，我只是口头上应允，没有画出实物来给人家。

因此，第二次的兴致，也就是造作的兴致，如果借此而作画，完成的也不过是造作的画，一定是形聚而神散的。

[2] 须磨，和后文的弘前，都是日本地名。

由此看来，对于我们执笔者来说，第一次的感兴，是最重要的东西。

但是，那份感兴在兴起时虽然鲜艳浓烈，只要时间一过，就会褪色，变得稀薄，有点像彩虹那样吧。

小心不让这份感兴褪色消失，对于画家来说十分重要。

日本画、美人画、风俗画……要说起它们从今往后会发展成什么样，我也与画坛的众人谈论过很多，不论如何，我都希望能够保持日本画特有的精髓，将其发扬光大。

那么，所谓“日本画”，特别是风俗画，其特有的妙处在哪里呢？我认为最主要是在于从画笔尖端生发出来的“线条”，它们含有各种各样的意味，在绢布和纸上自由自在地显现。

说起日本画的线条，是作画中最重要的部分。自不待言，日本画要是没有线条，就算不上是日本画。因此，仅凭一根线条，就能决定画的生死。比如说现在这里有一幅画好的风俗画，这幅画之所以能称为画，其效果我认为大部分应该归功于线条。

所谓线条，对于日本画来说就是这么的重要。施以色彩的技能，和勾画线条的本事，哪一个更加重要？我不能确定。

如前所述，没有线条就成不了日本画。虽然有的作品不涂颜色也能称之为画，但要是没有线条就不能算是画了。虽说世间没有不可能的事，但画画却无法完全无视线条。

不仅如此，老实说，我认为仅凭线条就能画出日本画最巧妙的地方，就算不用上色，也具备极珍贵的价值。这种画要是上色了，反而画蛇添足。我过去也曾有这样的经验。画出了自己非常满意的线条时，反而觉得要是涂上颜色就太可惜了。

我们如此珍视线条，反观如今的年轻画家们……不仅是新生代的画家，其中还有类似我等的老手，在对待线条上变得非常随意放纵，只顾着胡乱地涂上厚厚的颜色的人越来越多。

日本画的线条，根据其走势、轻重的不同，不仅可以表现物体的软硬和疏密，还可以巧妙、如实地表现出物体内部的实质。即便如此，如今的日本画家中大部分的人都轻视于线条的研究和练习，只顾着花心思在涂色的事情上。令人觉得日本画所独自具备的特色在丧失，实在是非常可惜。

特别是年轻画家们画的画……那些画上满是细弱笨拙的线条和胡乱涂抹的色彩，看到这些画，我们真是要为纯真的日本画落泪了。

要让这些画家们来说的话，他们也许会说色彩比线条能表达的效果更加深远宏大。我却认为日本画是因为有了线条才有色彩，不能把色彩置于线条之前。线条的长短缓急、互相交错，可以表现物体的内侧外侧，其中奥妙不可言尽。我想拜托如今的年轻人，请再多重视线条一点，请将日本画所具有的特色永久地流传下去。请为此而努力。

（大正十二年）

从焦虑的情绪中解脱出来，慢悠悠地创作、研究——虽然整年都在这么想着，但还是伴随着焦虑度过了一天又一天。要说这种焦虑能有什么成果，对于完全没有进展的自己，我都失去信心了。我不太知道世间的画家们是怎样的，我自己从年初到年尾，不断地被“这个必须画”“那个也一样”的想法纠缠，与此相对，笔头上的工作却完全没有进展，真是急得忍无可忍。

如今，我又着手于一幅应该由某王府收藏的作品。这本应该很快完成的，却又拖久了。

说起画家，整年埋头于作品的创作中，对于画家本人来说，有幸福的时刻，实际上也有痛苦的时候。应该画的东西全部画好，这真是非常爽快的事，心情也会轻松。接着研究自己喜欢的东西，全神贯注，我想没有比这更加幸福的事了吧。但工作却不允许。不过事情就看怎么理解，应该创作的画好好地告一段落、彻底完成了的话，不知为何心里会觉得寂寞，然后又可能会对创作产生依恋之情。人心就是擅长自作主张，唉，因为这种状态而烦恼下去，也是人生的权宜之计吧。

我从我的爱好出发，至今为止画的都是古代妇人风俗画，可能世间就有人说，我的心情太过于被古代风俗支配了。我并非是特别喜欢回顾古时候，只是这么做，我觉得会增添作品表现出的深度。现在，眼下的事情谁看了都会明白的。把今天如实地画出来，在绘画的深度上，我不置可否。

这一点，从今天往回看，看德川时期，感受完全不同。明治时期也是，已经与今天的感受不一样了。这是因为时代的气氛恰好蒙上了一层滤镜的缘故。如今万事都赤裸裸地可以看透，但隔着五十年、七十年的时光，就有了一层美丽的雾霭。我隔着这层美丽的雾霭，眺望着过去的时代。

原封不动地、事物要写实地、清清楚楚明明白白地，就是现代吧。赤裸裸地、袒露着地、原封不动地拿出来，是今天的习气，但是我并不觉得这很浅薄。

如果我如今的心情告一段落，也有想画现代风俗看看的心愿。

我并非一味礼赞过去的时代、诅咒现代的强硬人物。现代就是现代，当然好的地方也看到其优点，非常美的地方也感受到美，我是抱着这种画家的感受。解放这种心情、试着画摩登的现代风俗，我想我绝不是不期待的。

因此，我如果要执笔画现代风俗，我将使用怎样的风格、用怎样的画风来表现呢？虽说这不到真正画的时候不知道，现在什么都说不好，但是，我自己对大概的情形并非完全没有想象。我想我不会把摩登按摩登本身的原样表现。我将在摩登中，多少引入些古典的气氛，以此引出充分融合的部分。

年轻人们——尤其是年轻闺秀画家们的作品，常常教给我很多东西。大家都很聪明能干，表现也很精巧，这是不用讳言的。但是，有值得学习的地方，和共鸣是不一样的。能引起共鸣的作品，还几乎没有。所谓共鸣的作品，是说那幅作品的一切，都能进入观者的心，以同样的音律回响。也就是说，必须能带动观者的个性。

然而，本性被别的个性所带动——像这样的作品，我想不是容易有的。

不论哪一方面，我的作风都是源于我的个性，是我独有的东西，因此根据这种表现方式的作风，也许只有在我这里终结。但是，不论怎么说，我并不是只偏重过去、只对过去感到爱恋。总有一天，我会以包含着我个性的思想和作风，试着表现现代的摩登风俗，我自己也对这一天的到来抱着希望和期待。

肆

我，只有画

私はペイントするだけです

去年五月，因为有事而上京的我，在帝国酒店小住了一段时间。上京之前我一直不眠不休地埋头工作，在酒店入住后我的脑海里还残留着画的事，以至于当时的自己都没有意识到严重的疲劳应该已经袭来了。“应该”，这个用词好像是在说别人的身体似的，我就是因为对自己的身体毫不关心，才到了今天这个地步。虽然有人说“不把病当病就不是病”，我却是因为全神贯注于工作而对生病的事不太在意。实在是太忙了，没有时间去管它。

就像这样，虽然极度的疲劳已经侵袭了我的身体，我也没有让它好好休息，上京后就在酒店工作了一个通宵。

早晨，从睡梦中醒来的我下了床，走向洗面台，想拧开水龙头，但那天不知道怎么回事，水龙头非常紧。

“真有点紧呢”，我一边这么想一边用力想拧开，脑袋中“呼呼”地吹起冷风。啊！一瞬间，背部的肌肉发出“咕”的声音。

“完蛋了。”

我不假思索地喃喃道，身体轻飘飘地像要浮起来，感到身体里渗出了冷汗……然后我差点当场倒下。

事情办得差不多了，我离开酒店，回到了京都的家里，但是自那以来，腰就痛得受不了。连着六十天早晚用药，终于见好了。我想这就是我埋头工作不知体谅身体的报应吧，从那之后只要有一点疲惫，腰和背就会疼到连打扫画室和搬运书籍这类活儿也做不了。

从三月开始，为了创作展览会的展出作品，一直勉强自己的身体，确实感到了疲劳，刚一稍微舒展身体就感到摇摇晃晃了。一边自我警戒要多加注意身体，一边想之所以这么工作就变得脆弱，果然是因为上了年纪吧。这时候就感到有点落寞了。

去看熟悉的医生时，医生就一脸“你看吧”的表情，告诫我说：“到了您这个年纪，就不能跟年轻人一样啦。三十岁的人做三十岁的事，六十岁的人想要勉强自己做二十岁人的事，就不行啦。”自那以后，到了晚上我就不再执笔了。

回想起来，我这个人从年轻时候起就一直很过度地使用自己的身体。到了这个年纪还能保持这种程度的健康，我真得感谢自己的身体。

年轻时在春天展出的《唐明皇赏花图》中，我描绘了玄宗和杨贵妃在宫苑里赏牡丹的场景。为了创作这幅画，我整整四天三晚没有睡觉。当时年轻力壮，也是因为画得正在兴头上，如今想起来真是非常胡来了。

展览会的最后期限一天天逼近，能最终定稿的构图却迟迟无法在脑海中浮现出来。越是焦躁，就越是难以想出好方案。一直困惑了一个星期，终于想到了可堪定稿的构图。

之后我就不眠不休地将一切精神贯注于这幅画，开始了作战。并不是说一开始就决心不睡觉，而是因为最后期限迫近，为了画出作品，就算想要放下笔，手也会不知不觉地握住画笔移向画布，可以说是被画仙给附体了。就这样一直画了四天三晚。

想起中国美人，就想起梅花妆的故事。为了画南朝宋武帝之女寿阳公主[1]的发型，我也是殚精竭虑了很久。

为了研究中国当时的风俗画，我去了很多博物馆、图书馆，整理参考资料，却没有找到与寿阳公主相配的发型。

[1] 寿阳公主，南朝宋武帝刘裕的女儿，传说落下的梅花在公主的前额上留下了蜡梅花样的淡淡花痕，拂拭不去，成为『梅花妆』。《太平御览．时序部》引《杂五行书》：『宋武帝女寿阳公主，人日卧于含章殿檐下，梅花落公主额上，自后有梅花妆。』

发型是体现公主的品位的关键，为此我苦思冥想，直到完全归纳好构图后的第三天我才掌握了大概。奔走于博物馆和图书馆的疲惫身体在画室里转来转去，研究参考书，也没有从中找到灵感，于是迷迷糊糊地睡着了。眼睛睁开后，走去茅房，从洗手池里撅起一捧水，往庭院中的水泥地随意一洒，瞬间在水泥地上飞散的水花，正像公主的发型。

“真是有意思的形状啊。”我喃喃着，没想到在这里找到了公主的发型。获得了灵感后，我一气呵成地完成了寿阳公主梅花妆的画。我至今也觉得那是美之神的启示。

夜晚，家里人都睡熟了，我也觉得有些疲惫，想稍微躺一下，就顺手收拾地上散乱的调色盘。眼中突然映入了调色盘中的颜色，疲惫像飞走了一样，不可思议地，颜色鲜明地映入眼帘。如果其中有罕见的颜色，我就会不由自主地凝视：“哦呀，什么时候有了这个颜色……稍微给它配点有意思的颜色吧……”于是就涂画起来，回过神来的时候，不知什么时候右手上已经拿着笔了。不知不觉间又开始了工作。

同样地，想要睡觉时突然看见画上的一根线条：“有点不对劲啊……这根线。”执着于这根线，手不由自主地伸去修正了。这样不知不觉间又沉浸在工作中了。画兴正浓。终于又过了一夜。不知何时，纸门外清晨的阳光照射进来，这已经是家常便饭的事了。

“啊，什么时候鸡叫的头遍、二遍？”

我一边看着画室的纸门映着清晨的光渐渐变白，一边回顾昨夜沉浸其中的工作内容。

我这个人，是凭着自己的脾性活下来的，也是为了画画而活着的。

对我而言，画给了我无上的满足感。

昭和十六年的秋天，我正准备展览会展出作品的创作，胃病犯了，不得不躺下休息一周。这也是不顾身体的后果。

胃稍微好些的时候，离最后期限只有十多天了。

《夕暮》的草图已经画好了，我觉得很满意，想着无论如何要赶上最后期限，虽然又要不顾身体了，但这是一年一次的创作机会，如果因为上了年纪而不能赶上，就太可惜了。我可不服输，之后整整通宵了一个星期。我想这可能是我最后一次的无理蛮干吧。

一周通宵——虽然这么说，也是稍微睡了的，所以当时并未觉得非常疲劳。

深夜两点，喝上一杯淡茶，镇定精神，睁眼作画。然后一直工作到第二天的晚饭时候，傍晚时泡个澡好好睡一觉。然后夜里十二点一定会醒来。之后拿起画笔工作到第二天下午五六点。

努力了一周，终于赶上了展览的最后期限，真是太高兴了。

《夕暮》这幅作品是通宵一周、几乎都是在夜里画出来的，这应该也是什么暗示吧[2]。

医生来了，这次快发怒了。

“你这是极限了，再这样下去就会倒了。这次会很严重的啊。”

虽然很害怕不顾身体的后果，但我的画兴要是起了，就必须工作到深夜。

注意身体，注意身体……每当想到这里，就遵守医生的话放下画笔。相对地，第二天早早起来开始工作。

一般来说，晚上画画是不方便的，但是在夜里画画一

[2] 这里的意思是，作品的名字是《夕暮》（傍晚），作品本身也是在夜里画出来的，这似乎是上天的暗示。

点也不离奇。

整个世界都熟睡后，达到艺术三昧境界的幸福是什么都比不了的珍贵啊。

有时候我会这么想。

正是那种不顾身体地努力、那种魄力和骨气，将我带到今天啊。我的身体能容忍我的任性，让我画到今天，我真的很感谢。我的母亲身体也比一般人硬朗。就像不知道生病是怎么回事。年轻时不得不努力工作的母亲，和我一样不曾为病痛烦恼。也可以说，是工作保证了母亲的健康。

母亲在八十岁的高龄第一次倒床就医，她告诉我，当时是第一次正儿八经地让医生号脉。

母亲八十六岁时与世长辞。我还有很多很多工作要做，给我多少寿命都觉得不够。我必须把如今构思中的十几幅作品给完成。

我很少考虑年龄的事，往后也还有很多必须要研究的事。

不是惜命，而是还有十几幅大作一定要完成。我必须要长寿，必须要有固守这个栖霞轩[3]的觉悟。我梦想着生生世世、一代又一代都转生成艺术家，将今生未尽的事业完成。

美之神啊，但愿您再多借我些余命吧——

[3] 栖霞轩，上村松园的画宅。

运气好的时候，我画心中所想的画就如同瞬间被鬼神附体，倾注如火的热情——迄今为止有不少的作品都是这么创作出来的。

在展览会上发表的大作，数目也有一百多幅了。

而我想画的还有很多很多。如果再画与之前展览过的作品类似的题材，我的兴趣就会消减，我必须胸有成竹之后才能将作品发表出来。现在我却有一幅可以提前和诸位分享的画，就是《楠公夫人像》。

大约是三年前，神户凑川神社[2]的神官来到我家，说：“想请您画楠公夫人的画像，在神社供奉起来。”

这番请求是有缘由的，实际上，神官是这么说的：“凑川神社里没有称得上是镇社之宝的新画作，于是把此事与横山大观先生商量，大观先生于是说，‘那么就让我来画楠公的像供奉起来吧’，很快着手创作了。前些天，先生完成了一幅出色的作品，也举办了迎来神社的供奉仪式。”

于是有意见说，既然有了楠公的画像，那么也一定要供奉夫人的画像，这才唐突地前来。神官如此解释了事情

[1] 楠公，即楠木正成（1294——1336），幼名多闻丸，明治时代起尊称大楠公，为镰仓幕府末期到南北朝时期著名武将，他在推翻镰仓幕府、中兴皇权中起了重要作用。

[2] 凑川神社（在神户市生田区多闻街，也叫楠公社），建于1872年，主祭楠木正成，附祭其子正行、其弟正季等一族十七人。

的经过，而我也对楠公夫人伟大的人格充满尊敬和佩服，同时也难以抑制地抱有以画报国的念头，当即答应了。昭和十六年四月十七日的凑川神社大祭祀，我奔赴神户，在神前将此事禀告，并发誓好好完成。

然而，令人犯愁的是，世间没有留下什么资料可以参考楠公夫人的面貌。

我四处打听，可得到的回答都是没有楠公夫人的肖像流传下来，于是心中暗想：这次可不是一般的工作呐。

楠公夫人久子，是河内国[3]甘南备村[4]矢佐利[5]的南江备前守[6]正忠最小的妹妹，年幼时就离开父母，在哥哥正忠夫妻的教育下成长为一位贤良淑德的女性。

那么至少参考一下南江备前守的肖像吧——但是也没有找到。

“那位久子夫人，到底是什么模样呢？”这么想着想着，一年的时间倏忽溜走了。

凑川神社里已经供奉有横山大观先生画的《楠公像》了，我虽然心急着想尽快把夫人的像也供奉上，但无论如

[3] 河内国，日本古代的令制国之一，属畿内区域，为五畿之一，又称河州。河内国的领域大约相当于现在大阪府的东部。

[4] 村名。

[5] 地名。

[6] 备前守，日本古代地方官职。

何都想象不出楠公夫人的脸长什么样。

然而，去年春天，一位我以前教过的女画家突然来访，她是河内出身的人。谈话间，我偶然提到了楠公夫人的话题，那个弟子对我说："有传言说，楠公夫人是典型的河内型的脸。"

到底什么样的脸才叫河内型呢？我完全摸不着头脑。

"如今也偶有河内型的女性呢，如果发现了我就告知您。"我那位弟子这么说着就告辞了。

不久，她寄来一封信："我找到一位河内型的大美人了，您要过来吗？"

于是我急急忙忙地带着笔和纸，当天就出发去河内国。

那是甘南备乡下某户人家的年轻妻子。

是一位长脸、皮肤白皙、气质高雅的妇人。

我请求给她画速写，但那位妇人不知道我的目的，非常害羞的样子。多亏我的弟子好好地解释了，这才终于让我画速写。

站在透过青绿的枝叶撒下来的点点阳光之下，妇人白净的脸染上绿色的阳光，气质高雅，温和恭敬。我一边画着她，一边想象着让这位妇人穿上过去的衣服，在心中试着画出了楠公夫人的姿容。

画完速写，我还去看了与夫人有因缘的观心寺[7]等其他地方，追忆古往。

已经过去了一整年，而我连楠公夫人画像的草稿也没开始画。忙里偷闲的时候，我会看夫人的传记，寻找与夫人有关的记事。

为伟大的日本之母、楠公夫人画像，对我而言是不小的重负。但只要决定要画了，我就要画出在我死后也不出纰漏的夫人像。

因为要画楠公夫人像给凑川神社供奉，令我想起自己还有一件必须要供奉的作品。

那是在京都嵯峨的深处，小楠公[8]首冢所在的宝筐院[9]。令我回想起弁内侍和正行公之间凄美哀婉的爱情故事。

我也想给嵯峨宝筐院供奉一幅带有教育意义的画，内容是楠公夫人给儿子正行讲解忠孝之道。

[7] 足利尊氏感动于楠木正成之死，派人将其头送到河内水分的遗族那里，葬于河内长野市观心寺。

[8] 即楠木正成的儿子楠木正行。

[9] 宝筐院是京都右京区的临济宗寺院，本尊是十一面木制的千手观世音菩萨。寺院以南朝武将楠木正行的首冢，和足利义诠的坟墓相邻而闻名。

还有祇园后面的建仁寺——我记得小时候曾经得建仁寺两足院的算卦先生给看过四柱。我答应过要给建仁寺的障子上画天女。

那已经是很久以前答应的事了，如今绘画的机缘还未到。

我想画好几位理想中的天女，但是只要笔尖一动，就怎么也画不出理想中的天女。

凑川神社的楠公夫人像也好，宝筐院的楠公夫人和正成的画也好，建仁寺的天女也好，因为想要画出能流传后世的作品，就一定要花费相当的时日，才能完成没有纰漏的画。不论哪一个，都是大工程，在繁忙的日常中，我实在抽不出空来。

从今年年末开始，我考虑停止其他一切工作，花一两年的时间专注于这三幅作品。

我想如果不这么做，就没办法完成。

想要时间。

想要时间——我深深切切地，想要时间。

除了画，我对其他事都一窍不通。不论是家里的事也好，别的什么事也好，都束手无策。只有画，我的心里只有画的事。

在自己热心的事上，我不愿输给任何人。年轻时，老师要求我们画写生。那时候可不像现在交通这么便利，就算有两三里的路程，也只能步行。就连喀啦作响的马车，也不是去哪里都能轻易坐的。我一个姑娘家，整备鞋履，和男人们一起出发。同行的也有女生，也不是都像我这般柔弱，简直就跟男人差不多了。“不要输给任何人呀，呵呵呵。”女生们这样说笑着，男生走到哪儿，她们也跟到哪儿。这是我画的桥本先生的写生。他的名字叫关雪。我们不知去了哪儿的乡下，关雪先生在那儿骑马的样子，被我画下来了。画中的关雪先生胖墩墩的，还真像啊。啊，这都是三十多年前的事情了。

日本女性所拥有的美德，包含着坚毅、恭谨、温柔和女人味。正是有了这些美德，才能在危急关头发挥出真正的强大力量。

大田垣莲月作为一名女性，身处明治维新的混乱时期，却能极力坚持国家应该前进的方向，以一己之力维护国家的利益。

而且，虽然内心燃烧着护国的大志，其品行却处处体现女性的温柔，不追名逐利，不汲汲于富贵，书写自己创作的和歌，烧制陶器来补贴家用。她将自己所有的奉献出来，自己过着清贫的生活，却仍旧不失谦逊的品格。她称得上是日本女性的榜样，也为处于当今严峻时局下的我们指示了前进的道路。

当时聚集在京都的志士们都对莲月充满了如对慈母般的孺慕之思，莲月却从不因此骄矜，自始至终都保持着女性高雅的端庄。这份在坚毅中仍旧保持的温柔和端庄，正是我们应该学习的。

在危险的战争和紧张的时局下，莲月却能够给人心带来安定祥和，此乃女性本来的生存之道。也正是因为如此，她才能作为第一个贯彻护国道路的女性吧。

[1] 大田垣莲月（1791—1875），幕末至明治时代日本女诗人。出生后不久，就成为京都知恩院的寺二六臼垣伴左卫门光古的养女。大田垣莲月的两任丈夫都早逝，留下的六个子女也先后夭折。莲月出家为尼后，一边照顾多病的养父，一边为了谋生烧制陶器。她在瓷器上点缀自作的诗歌和书画，称为『莲月烧』。

如果要问我为什么把此生献给执笔为画的事业，可能只是因为我从小时候起就非常、非常喜欢画画吧。流淌在身体里爱画的血，一定是从母亲那里遗传的。母亲也是有绘画之心的人。母亲的祖父也喜欢画。他的兄弟还曾以“柳枝”为号作过不少俳句。父亲在我出生那年就去世了。

母亲经营着从父亲那里继承的茶叶铺，维持一家生计。祖父是大阪町奉行[1]大盐后素的外甥，在京都高仓的高级和服商长野商店做了很长一段时间的经理。曾经，和服店主家快没有继承人了，祖父就尽力找出可担后任的人，守着新的继承人，尽力让主家再度复兴。祖父就是这样诚实、勤奋的人。我出生和成长的地方，是京都最繁华的四条御幸町。我和姐姐两人，都是母亲一手拉扯大的。

以画传意的信

我好像不太会说话的时候就很喜欢画了，因此有一个关于我的笑话。大概是我四岁的时候，好像因为节日还是什么的，我被喊去亲戚家玩。

那时候，有一家摆着木版画和浮世绘版画的店，我们

[1] 行，日本武士执政时代的官名，后用作衙门长官的官名，奉命处理事务。

都叫它“画店屋”。经过“画店屋”时我的眼睛就不动了，想要画想要得不得了。但是我虽然人小，却也不好意思让亲戚给我买，就努力忍着，正好这时我们家的一个学徒来了。于是我就在纸上画上圆形，在圆形正中间画了四方形，再在圆形和四方形之间画上波浪。就这样画了六个，告诉学徒说，从家里带如图所示的东西过来。当时的文久钱就有波浪花纹，而我想要的画的价格就是六枚文久钱。不会用嘴巴讲话，倒会用画笔画画，大人们都笑个不停。

在账房影处专心画画

我七岁的时候上了小学，学校名字叫作开智小学。在休息玩耍的时候，我大多也在室内的石板上画画。我记得有朋友拜托我：“也给我的石板画上画吧。”

放学回到家，我就从母亲手里拿过日本纸，坐在账房处一直不停地画。母亲给我买了很美丽的江户绘木版画，我很仔细地把它们临摹下来。我们家的茶叶铺位于繁华的四条大街[2]，不用拉客也有不少来买茶的客人。

“那个小姑娘看起来很喜欢画画呀，每次看她都在画

[2] 四条大街是京都的一条东西向的主干道。

画呢”——我就这样出名了。

来买茶的客人形形色色。有一位像能剧中老翁面具一样满头白发的老爷爷知道我喜欢画画，有时会带来色彩鲜艳的樱花画给我看。那位老人名叫樱户玉绪[3]，是樱花的研究者。还有来京都学习文人画的绘画学生，他们也送给过我竹呀兰呀的画。

但是我的这一爱好却遭到了亲戚朋友的指责：“女孩子家，应该让她学学拿针倒茶，女孩子学画画，成什么样子？”但是妈妈是我的坚强后盾，她表示“是她本人喜欢的，就随她去吧”。当时，女子绘画学生总共只有两三个人，而我，终于成为其中之一。

进入府立绘画学校

十三四岁的时候，在今天的京都酒店的地方，建立了京都府立绘画学校，于是我赶紧入学了。最初是学习画花鸟。在宣纸上临摹范本，练习运笔。有时候也会去写生，临摹古画，等等。可能是我从小就从母亲那里看到许多江户绘的美人画吧，我特别喜欢人物画。但是在学校里，人

[3] 樱户玉绪，幕末明治时期的画家，收集各种樱花，也以樱花画闻名。

物画被作为最难的科目，最后阶段才开始教。铃木松年老师知道了我的心思，就对我说：“你要是那么喜欢人物画，放学之后就来我这里吧，我教你画人物画。”我大喜，于是每天前往松年老师的私塾学习。

不久，松年先生从学校辞职，我也不再去学校了，就在松年塾学画。松园这个雅号，也是先生给我取的。之后，我师从幸野梅岭先生，先生去世后，又拜竹内栖凤先生门下。

堆成小山的写生稿

画人物画，盛产江户绘、锦绘的东京有很多素材可供参考，而京都则是花鸟画家多，不怎么有欣赏美人画的机会。因此我常常对着镜子画自己的写生，或是画各式各样人物的速写，几乎都是自学的。我总是在袖兜里装上墨盒和日本纸出门。祇园祭对我来说，有不同于其他人的特殊意义，因此我对祇园祭特别期待。那是因为，中京地区附近的大店铺，在祇园祭的时候会拿出祖传镇家宝的气派屏风装饰在店面里。世代相传的大老铺里真的有非常华丽的屏风。这里有“屏风拜见”的习俗，每个店都把屏风挂起来展览，吸引来的客人越多店主就越自豪。我一边走一边看，要是看到不错的屏风，就挤进人群去“屏风拜见”。

这时候店里的伙计都很客气，有的还会说“二楼也有，请您上来看吧”，爽快地给我看，真是幸运。我想把它们临摹下来，就说“请您让我临摹吧”，就在店里一坐坐半天，画到忘了时间。

当时可不像现在这样常常有展览会，很少有观赏好画的机会。我只要从别人那里听到哪里有好的画，不论多远都要前往拜见。名家的展卖会上也会有精彩的作品，所以我一定都会去。我也会带着便当去博物馆逛一整天。只要出去，就一定画了写生稿回来。寺庙里也藏有好画，不仅是京都，连奈良我也经常去。就这样，我把能见到的中国、日本的古画都仔细地临摹下来。

在博物馆里看到纪贯之[4]优美的书法，结构复杂的字体优雅地舒展，我看到这些美丽的书写方法，也临摹下来，抄在画的边上。这就是自然的书法练习。曾经去过一个大名的展卖会，在那里发现了一卷非常优美的纪贯之书法，本来只打算临摹一两行的，不知不觉间却全部都临摹下来了。身边的人还调笑我说“还是你的书法更好啊”。就这

[4] 纪贯之（886——945），日本平安时代初期的随笔作家与和歌圣手。在日本文学中，他被公认为后世物语、平假文日记等散文文学的先驱。

样，我年轻的时候时不时地临摹、写生，如今我的手边这样的写生稿都快堆成小山了。苦心地寻访、费劲地临摹的这些古画，即便过了二十年、三十年，也在我眼前清晰地浮现。后来一切都变得方便了，也能看到照片版，但看照片的话，即便当时好像记得很清楚，很快就忘得一干二净。每次当我翻阅这些写生稿，当时的各种思绪都令人怀旧地涌上心头。这是我最最宝贵的东西。

后来，有一次我家附近起了火，一时间我家处于下风口，大家说“已经很危险了，赶紧搬点东西出来吧”。这个家是我亲自建成的，不过真要烧了也实在是没办法。哎，还是想想要救什么重要的东西吧——这么一想的瞬间，脑海中浮现的就是那些写生稿。对对，就是那个——我赶紧跑上二楼，用大包袱把写生稿一张不剩地包起来。好在之后风向转变，我家也不用担心被烧了，就上了三楼，来到了救火的男人们所在的屋檐。像这样的光景可不多见呀，我从容地仔细观察起来。

最初获奖的十五岁之时

我的画在展览会上初次获奖，是在明治二十三年[5]，我十五岁的时候。在东京举办的第三届内国劝业博览会上，我展出了《四季美人图》，并获得了一等褒奖。这幅作品画了四个季节的四位美人，尺寸是二尺五寸乘五尺。这幅画吸引了当时来我国游览的英国康诺德皇子的注意，并荣幸地被皇子买下。当时京都《日出新闻》上刊载的报道最近又再次刊登了，因为觉得很有趣，我就剪了下来。不论怎么说，一个十五岁的少女能获得一等奖，作品还获得了英国皇子的认可，那真是无上光荣的事。而今这样的事情已经很少见了。

如此，我执笔为画的生涯揭开了序幕，虽然当时并没有决心要一生以画安身立命。但是我的绘画事业，从未止步。

真正考虑要以绘画当作一生的事业，是在之后，大概二十、二十一岁的时候。从此以后，我的脑子里都只想着画的事，不论花开花落，月圆月缺，我只想着一件事，那

[5] 1890年。

就是绘画。

母亲一个人经营着店铺，深夜还要赶做裁缝活，一直支持、鼓励着我。

勤学苦练

立志一生为画之后，虽然内心和男人一样坚强，但可悲的是，我的身体还是女人。也因此，除了学习之外我还经历了各种各样的困难。我虽然体格小，但遗传母亲，身体非常健康，辛苦的练习都能承受。但是如果要出去写生，一个年轻女孩，到底还是不能想去哪就去哪。实在没有办法，就加入十二三名男学生的队伍，一起写生旅行。早晨天没亮就起来，把便当绑在腰上，打上绑腿就出门了。跟着男学生的步伐，一天要走八九里路。停下就画画，画完就接着走。有时候去到了吉野山的塔之峰，整整三天，不是在走路就是在画画。回到家时，我的腿肿得像白萝卜一样，想要站起来的时候，如果不呻吟着就站不起来。

多亏了那时候的锻炼，如今我的腿也很硬朗。四五年前去了信州的发甫温泉，在那么陡的山路上我都能平步如飞。

此番必定成功

要画出好的作品，不用说，一定要经过多方面的研究；但最要紧的是“信念”，这也是一种“气魄”吧。不论在画什么时，不，还有下笔之前的构想时、反复锤炼题材和构图时，我都抱着“此番，必定能成功”的信念。然后整理构想，最终到了作品淬火的阶段。要是太纠结了，反而会画不好，因为会出现各种各样的错误。这时候，如果丧失“此番必定成功”的信念，一切就完了。要克服自己的软弱、强化自己的信念，追问自己到底应该怎么办，不屈不挠地寻找犯错的原因。比起“唰唰”地快速完成的作品，途中经历了各种失败的作品反而更好，这是我从多年经验中总结出来的。只要能在创作过程中坚持这份气魄，最后绝不会画出后悔的作品。我之所以能稍有些这样的气魄和自制力，是因为继承了母亲的血脉，受到了母亲的鼓励。

业余爱好：谣曲・鼓・长歌

作为业余爱好，我练习金刚流的谣曲大概有二十年了。我也跳日本舞，也练习鼓和长歌。过去还练过地方歌谣。虽说是业余爱好，我并不把到目前为止坚持下来的爱好当作游戏。因为它们，我觉得自己的艺术更加丰富了。春秋天有谣曲的排练会，我曾独自担当主角来演唱。儿子松篁也参加，我唱完之后，问他：“我唱得怎么样？”他回答道：“且不提您唱得好不好，总之，能坦然地当众演唱了。”我听后笑了。谣曲的老师也说：“最重要的是能真正发自内心地享受谣曲本身。”虽然发挥的水平时有波动，我本人是发自内心地享受演唱的过程，努力地演唱，毫无顾虑地乐在其中的。

眼观六路，耳听八方

要画好画，必须时刻眼观六路，耳听八方。年轻的时候，我跟随市村水香（前文已出现过）先生学习汉学，在长尾雨山[6]先生门下学习汉诗的讲义。为了研究旧时代的衣裳，在染色祭等有衣裳陈列展的场合，我都前去观看，能看到长罩衫[7]、加贺友禅[8]、帷子[9]等。我也去看戏，但是却不能和其他观众一样轻松地观看，而是始终紧绷着肩膀盯着舞台，捕捉美丽的瞬间，画下速写，记下衣装打扮的样子。有时候也去看电影，借此了解猛兽的写真、海底

[6] 长尾雨山（1864——1942），本名甲，通称 太郎，字子生，号石隐，日本赞岐高松人。吴昌硕曾称赞其书法『袁君风格齐晋唐，书法遒劲张钟王，意造不学东坡狂。』

[7] 长罩衫，日本近世武士家妇女礼服的一种，套在和服外，拖着下摆。

[8] 加贺友禅，日本旧加贺国（今金泽）的友禅绸染色法制作的和服。

[9] 帷子，没有里子的单层和服。

捕鱼的生态场景，很有趣。美丽景色的画面和人物，都成为很好的创作参考。现在，我也不会错过流行服饰的陈列会。美术俱乐部、公会堂、八坂俱乐部等主办的陈列会，忙的时候，一天要跑三个会场。

一直这么看下来，就能很轻松地明白今年最新流行的颜色是这个、富有古典味的流行色是那个。还有，图案会、陶瓷器会、雕刻会，我都去参观。

绘画三昧[10]的境界

手持画笔已经五十年，如今的我已经没有一天不手持画笔了。心无杂念，只一味地研究绘画。拿起画笔的时候是我最快乐、最宝贵的时候，身心愉悦，心情舒畅——就是进入了绘画三昧。画坛的纠纷，我也能以隔岸观火的心情来看待，而不卷入其中。要达到这等境界，必经历过一番风雨，人生的小船也曾飘摇到几近沉没。我就曾经历过各种各样艰难困苦，有时是艺术上的停滞，有时是人际关系的烦恼，我有好几次想着与其这样痛苦地活着，还不如死了轻松，我是真的这么想过的。走出过一次次这样的困

[10] 三昧，佛教修行方法之一，是精神集中、身心安定的状态。

境，人真的会变得坚强、强韧。如今回想起来，年轻时所经历的那么多苦难堆积起来，融合成一体，都被艺术转化、净化，我才能获得如今的境界啊。

我的心里整天都被画的事情填满，特别是夜晚。我的一天中最宝贵的时候，是入睡前的四五十分钟。年轻时钻入被窝后，我有必须看点报纸和杂志才能入睡的习惯。看一会儿，睡意就会袭来。于是熄灯，伸展身体，静静地把手在胸前交叉，闭上眼睛。但也不能就此入眠，在安静了一会之后，闭上的眼睛前浮现出各种美丽的色彩，过去看过的带缀线的漂亮花阳伞，还有常年观看的画卷也生动地展开。就这样，不一会儿，我就睡着了。然后第二天晚上又是如此。这样过了一周，就能在梦境中获得具体的创作灵感——我常常有这样的体验。

就算我对别人说“今晚要早点睡”，按照我平常的习惯，为了关画室的窗户，我会进入画室，白天所画的画会映入眼帘。于是顺手拿起笔，再添一笔。顺便也翻一下旁边的参考书，再添一笔。回过神来的时候夜已经深了。

现在的我，除了想着让画再精进一些，画出出色的作品遗世以外，不考虑任何事情。禅中有言，“火中生莲花”[11]。我虽然不太理解其中的深意，但对此有自己的理解：熊熊燃烧的火焰中，忽而绽放出莲花，是多么壮观，如同燃烧着自己的勇猛之心。近来，我特别地感到自己拥有这样的勇猛之心。虽然年纪增长，人也衰老了，但我对画的勇猛之心，每天每天，都在强烈地燃烧着。人生如过客，我想在艺术上寻找永恒的“花朵”。

[11] 『火中生莲花，是可谓希有；在欲而行禅，希有亦如是。』见2011年9月北京第3次印刷《佛教十三经》之《维摩诘经·佛道品八》。即在火里生长出来的莲花。比喻虽身处烦恼中而能得到解脱，达到清凉境界。在火中生莲是难得的，在有欲的世间行禅亦是难得的。另，明代李芳流：『雪中芭蕉绿，火里莲花长。』

二十年！我指导松园先生练习谣曲，是很久以前的事了。最近我不再为外行人指导练习了，所以松园先生的直接练习由我的门人广田来指导。松园先生不仅熟知最近的谣曲，素质也很好，充满热情，做得非常好。我指导松园先生的练习，从这一方面观察，感受到的是，像这样身为女性在当今画坛成为第一流的画家，非超乎寻常的努力而不能。谣曲练习也是一样，松园先生素质出色，很快能记住和理解，从不囫囵吞枣，直到完全领会后才请教和练习。艺术虽然有很多领域，但一个人的作风、态度是不会变的，从这一点推想松园先生在绘画上也是如此吧。

世人有句话叫“钝胜”。没有才智的愚钝之人拼命努力，花费他人数倍的辛劳和努力，然后这份付出终于开花结果，超出拥有才智、素质出色的人。也就是说，“钝胜”是指愚钝者凭借努力而取胜。这在世上作为教训广为流传，事实上也的确有这样“钝胜”的例子，但是艺术的世界里，“钝胜”却难以有结果，因为与生俱来的出色素质是艺术的重要条件之一，如果生来在艺术上就迟钝，感觉差、悟性迂钝、素质低下，通常无论怎么努力，都难成大器。虽然为这样的人感到很遗憾，但艺术的世界就是这样特殊的吧。但是，并非只要素质出色就足够了。到底还是和“钝胜”一样，必须努力精进，玉不琢不成器，素质出色的人通过努力才能初尝成果。我想松园先生也是像现在说的这样，在谣曲上素质出色，也很努力。用这样的作风来钻研本行，在出色的素质之上坚持数十年的苦心、努力和积累，终于创作出那样杰出的画作——据我对松园先生的了解，我是这样想的。

能、谣曲中，与画有关的故事很多，以能作为绘画题材的人很多，松园先生也是如此，但各人的看法和做法各有不同。说点题外话，我指导景年先生练习谣曲时，一遇到谣曲文章中有赞美风景的美文时，景年先生就会说“老师，请再唱一遍”，然后静静地倾听。唱完了，又在同一处说“请再唱一次”，让唱很多遍，自己在倾听和思考。这不是景年先生在练习谣曲的吟唱方法，而是为了以此处为题材作画，谣曲时不时会入景年先生的画。这里有趣的是，景年先生不是只读了美文就作画，而是盯着成为谣曲的艺术，谣曲将此处的风景美化了，抓住其中的韵味后再作画。关于景年先生的画有多种看法，总之我认为这种从谣曲中取材的方法很有趣。虽然做法有所不同，也有研究能面并应用在绘画上的人。

松园先生还没有获得免审资格[1]时，我记得是在那之前的事，在她的展出作品中关于妇人的脸好像做了很多研究，关于能面，她也问了我许多问题，自己又做了相当多研究的样子。下村观山[2]氏也是从能面获得绘画题材的人，观山氏的哥哥是制作能面的，观山氏又是松本金太郎[3]的姻亲，自然会注意到能面吧。他将能面移到绘画上，画出了《弱法师》。在院展上展出的《维摩劝说文殊图》[4]中，维摩的脸型、线条在当时的画家和世人中引起了话题和评论，这幅画不可思议的是从什么角度出发而画的，虽然成为一时的话题，原来这是以福来石王兵卫创作的石王尉的能面为原型画的，所以有出尘脱俗之感，并成为被净化的艺术品。《西行樱》[5]《游行柳》[6]之类的樱树柳树精的老人能面，与俗人不同，是被净化过的，以它们为原型作画，观山的头脑还真聪明。也就是说，虽然把雕刻出来的能面搬到绘画上并取得了成功，但是并非将线条和形状生搬硬套，而是消化之后变为新的创作，我认为这一点是相当难的。松园先生也是这么做的。特别是身为美人画家，研究女性的能面，在《花筐》这幅作品中参考了增阿弥

[1] 免审查　向美术展览会提交作品时，由于过去的入选实际成绩好，而被认定为可免除审查。

[2] 下村观山（1873——1930）本名晴三郎，东京美术学校教授、帝国美术院会员、帝室技艺员、文部省美术审查委员，再兴日本美术院的重要人物之一。

[3] 松本金太郎，歌舞伎演员的名号。

[4] 这是一幅取材于佛经的宗教画，表现维摩向文殊师利宣扬佛教大乘教义的情景。

[5] 西行法师在京都胜持寺所植之樱被称为西行樱，在能乐中有讲述西行樱成精的情节。

[6] 谣曲《游行柳》讲述了柳树成精的故事。

的“十寸神”[7]能面，松园先生让它回到人类的脸，重新创作了出来。本来，在这出《花形见》能乐中，使用的是小面和孙次郎，观世流使用的是若女，宝生流则一般使用增，而松园先生却选取十寸神来画。以这个能面为基础创作，可以窥见此人超凡的才能，绝非平庸之辈。当时这幅画广受关注，接着再举一个其他的例子——《焰》。这是取材于谣曲《葵之上》的描绘嫉妒之女的图，人物脸上，特别是眼睛，需要比一般的美人画更强烈地表现出嫉妒且不失美感，为此松园先生颇费研究，并来询问我的意见，我告诉她：“能乐中嫉妒的美人脸上，会在眼睛中的眼白部分特别地加入金泥。这被称为‘泥眼’，金泥发光时会呈现异样的光辉和闪烁，又像泪盈于睫的表情。”一般的人大概会觉得“居然要到这个程度”，踌躇着便放弃了，松园先生却真正地做了。她在绢布的内侧加入金粉，因此而画出了不可思议的韵味。

自古以来，世人对事物的批评就甚嚣尘上，因为担心世间的看法而不能有所突破，是常有的；而能够突破这一点的松园先生，体现出其性格的刚强。窥一斑可知全豹，

[7] 十寸神，和下文的小面、孙次郎、若女、增，都是不同的能乐面具种类。

别的方面想必也是如此。这一点，和最近也来观看能乐、常常坚持写生的努力，还有那份热忱，以及优良的素质，才让松园先生成为今天的这个她。

（昭和十七年）

上村松园

1939
菊寿

上村松园

1926
良宵图
上村松园

1929
竹帘背后
上村松园

1914

娘深雪

上村松园

1918
焰
上村松园

1936
春宵

上村松园

1943
晚秋

上村松园

上村松园

うえむら しょうえん

1875—1949

生于京都。

日本画坛『前无古人，后无来者』的天才少女，活跃在明治、大正、昭和年间，二十世纪最伟大的美人画画家。

十二岁习画；十五岁以《四季美人图》参展第三次国内劝业博览会，获一等褒奖；一九四一年成为日本帝国艺术院最年轻会员；一九四八年成为『日本文化勋章』首位女性获奖者。代表作《序之舞》（人生巅峰之作）、《娘深雪》、《花筐》、《焰》（盛年之作）、《草纸洗小町》、《砧》、《侍月》、《母子》、《夕暮》。

面对时代偏见、命运浮沉，松园带着对绘画持续终身的热爱，冲破女性画家举步维艰的时代枷锁，终以画笔安身立命。每一幅画，都是美的显像。见画，如见美人来。

出版人：陈涛
选题策划：陈丽杰　柳聪颖
责任编辑：陈丽杰　柳聪颖
装帧设计：[illegible]
内文设计：孙丽莉
责任印制：刘银 范玉洁
团购电话：010-64263206

上村松园年谱

一八七五　明治八年
四月二十三日，出生在京都市下京区四条御幸町西的奈良物町。是父亲上村太兵卫（两个月前去世）和母亲仲子的次女。本名津弥。

一八八一　明治十四年　六岁
进入佛光开智小学。

一八八七　明治二十年　十二岁
进入京都府立画院，师从铃木松年。

一八八八　明治二十一年　十三岁
二月跟随从府立画院辞职的铃木松年而退学，在松年的私塾学习。自如云社展出作品《美人图》开始使用『松园』这个雅号。

一八九零　明治二十三年　十五岁

第三届内国劝业博览会展出《四季美人图》，被适逢访日的英国康诺特亲王殿下买下。

一八九一　明治二十四年　十六岁

日本美术协会展展出《和美人》。

京都工业物产会展出《处女倚柱》。

全国绘画共进会展出《美人观月》。

一八九二　明治二十五年　十七岁

京都春期绘画展览会展出《美人纳凉》，美国芝加哥博览会（农商务省订制画）。

一八九三　明治二十六年　十八岁

日本美术协会展展出《美人合奏》。

师从幸野梅岭门下。邻家失火，房屋烧毁，搬到高仓通蛸药师。

一八九四　明治二十七年　十九岁

日本美术协会展展出《美人卷帘》。

一八九五　明治二十八年　二十岁

第四届内国劝业博览会展出《清少纳言》。

青年绘画共进会展出　《观义贞勾当内侍》。

日本美术协会秋展展出《古代美人》。

幸野梅岭去世，师从竹内栖凤。

一八九六　明治二十九年　二十一岁

日本美术协会春展展出《暖风催眠》。

日本美术协会秋展展出《妇人爱儿》。

搬到堺町四条上宫。

一八九七　明治三十年　二十二岁

第一届全国绘画共进会展出《一家乐居》。
日本美术协会秋展展出《寿阳公主梅花妆》。

一八九八　明治三十一年　二十三岁

第四届新古美术展展出《重衡朗诵》。
日本美术协会秋展展出《古代上臈》。
日本绘画协会·日本美术院联合共进会展出《美人》。
全国妇人制作品展展出《美人观书》。

一八九九　明治三十二年　二十四岁

第五届新古美术品展展出《人生之花》。
东京美术协会展出《官女》。
第二届全国绘画共进会展出《唐明皇赏花图》。
第七届日本绘画协会·日本美术院联合共进会展出《雪中美人》。
巴黎万国博览会展出《母子》。

一九零零　明治三十三年　二十五岁

第六届新古美术品展展出《轻女惜别》。

第九届日本绘画协会·日本美术院联合共进会展出《花样女子》。获二等银牌，画坛地位得以稳固。

一九零一　明治三十四年　二十六岁

第七届新古美术展展出《园里春浅》。

第十届日本绘画协会·日本美术院联合共进会展出《雪中竹》。

第十一届日本绘画协会·日本美术院联合共进会展出《背面美人》。

一九零二　明治三十五年　二十七岁

东京美术协会秋展展出《少女》。

第十三届日本绘画协会·日本美术院联合共进会展出《时雨》。

儿子信太郎（松篁）出生。

一九零三　明治三十六年　二十八岁

搬到车屋町御池下。

第五届内国劝业博览会展出《姪妹三人》。

一九零四　明治三十七年　二十九岁

第九届新古美术品展展出《游女龟游》。

圣路易斯万国博览会展出《春之妆》。

幸野梅岭逝世十周年纪念展展出《春日乙女》。

一九零五　明治三十八年　三十岁

第十届新古美术品展展出《花之烂漫》。

一九零六　明治三十九年　三十一岁

第十一届新古美术品展展出《柳樱》。

《税所敦子孝养图》捐赠给京都初音小学。

一九零七　明治四十年　三十二岁

第一届文部省美术展览会展出《长夜》。

第十二届新古美术品展展出《繁花烂漫》。

东京美术协会展展出《虫之音》。

一九零八　明治四十一年　三十三岁

第二届文展展出《月影》。获三等奖。

第十三届新古美术品展展出《秋夜》。

一九零九　明治四十二年　三十四岁

第十四届新古美术品展展出《柳樱》。

青木嵩山堂版《松园美人画谱》出版。

一九一零　明治四十三年　三十五岁

第四届文展展出《上苑赏秋》。

第十五届新古美术品展展出《操纵人偶的人》。

第十届巽画会展成为审查员，展出《花》。

一九一一　明治四十四年　三十六岁

罗马万国博览会展出旧作《上苑赏秋》《操纵人偶的人》。

第十一届巽画会展展出《美人吹雪图》。

一九一二　明治四十五年　大正元年
三十七岁
第十七届新古美术品展展出《宠妾》。

一九一三　大正二年　三十八岁
第七届文展展出《萤》《化妆》。

一九一四　大正三年　三十九岁
第八届文展展出《舞仕度》。
平和纪念大正博览会展出《娘深雪》。
搬到间之町竹屋町上。

一九一五　大正四年　四十岁
第九届文展展出《花筐》。

一九一六　大正五年　四十一岁
第十届文展展出《月蚀之宵》。获得文展永久无审查资格。

一九一八　大正七年　四十三岁　第十二届文展展出《焰》。从前的老师铃木松年去世（享年七十岁）。

一九二二　大正十一年　四十七岁　第四届帝展展出《杨贵妃》。

一九二四　大正十三年　四十九岁　成为帝展审查员。

一九二六　大正十五年　昭和元年　五十一岁　第七届帝展展出《待月》。圣德太子奉赞展展出《少女》。

一九二八　昭和三年　五十三岁　制作御大典纪念御用画《小町草纸洗》。母亲仲子卧病在床。

一九二九　昭和四年　五十四岁　　意大利日本画展展出《新萤》。

一九三零　昭和五年　五十五岁　　罗马日本美术展展出《伊势大辅》。制作德川菊子姬高松宫家御用画《春秋》。

一九三一　昭和六年　五十六岁　　柏林日本美术展展出《晾晒》。该画作在德国政府的期望下送给德国国立美术馆。

一九三二　昭和七年　五十七岁　　白日庄东西大家展展出《伏天前后晒衣》。制作岩岐家拜托画作《虹》。

一九三三　昭和八年　五十八岁　　白日庄十周年纪念展展出《春衣》。

一九三四　昭和九年　五十九岁

二月，母亲仲子去世。
第十五届帝展展出《母子》。
大礼纪念京都美术馆展展出《青眉》。

一九三五　昭和十年　六十岁

和竹内栖凤、土田麦僊等十七人组织春虹会展，第一届展出《天保歌妓》。
第一届三越日本画展展出《鸳鸯髻》。
大阪美术俱乐部纪念展展出《春之妆》
东京三越展展出《土用干》。
五叶会展第一回展出《黄昏》。
高岛屋现代名家新作展展出《春苑》。
第一届五叶会展展出《日暮》。
担任第一届京都展审查员。

一九三六　昭和十一年　六十一岁

文部省美术展览会展出《序之舞》。
第二届春虹会展展出《春宵》。
第二届五叶会展展出《时雨》。

一九三七　昭和十二年　六十二岁

第一届新文展展出《草纸洗小町》。
第三届春虹会展展出《春雪》。
完成皇太后御用画《雪月花》。

一九三八　昭和十三年　六十三岁

第二届新文展展出《砧》。
京都美术俱乐部三十周年纪念展展出《鼓之音》。
担任第三届京都展审查员。

一九三九　昭和十四年　六十四岁

第五届春虹会展展出《春莺》。

一九四零　昭和十五年　六十五岁

第六届春虹会展展出《栉》。
纽约万国博览会展出《鼓之音》。

一九四一　昭和十六年　六十六岁

第四届新文展展出《夕暮》。
第七届春虹会展展出《咏花》。
第六届京都展展出《晴日》。
成为帝国艺术院会员。
十月下旬到十二月上旬前往中国旅行。

一九四三　昭和十八年　六十八岁

担任第六届新文展审查员，展出《晴日》。
关西画展展出《晚秋》。
六合书院出版随笔集《青眉抄》。

一九四四　昭和十九年　六十九岁

七月，成为日本帝国艺术院会员。

一九四五　昭和二十年　七十岁

担任第一届京展审查员。

一九四六　昭和二十一年　七十一岁

担任第一届日展审查员。

担任第二届京展审查员。

一九四七　昭和二十二年　七十二岁

日本美术国际鉴赏会展出《雪中美人》。

第十届珊珊会展展出《静思》。

一九四八　昭和二十三年　七十三岁

十一月，获得文化勋章。

白寿会展展出《庭之雪》。

一九四九　昭和二十四年　七十四岁

松坂屋现代美术巨匠作品鉴赏会展出《初夏傍晚》。

八月二十七日，因肺癌去世。谥号寿庆院释尼松园。

1906
蟋蟀
镝木清方

1910
美人与灯笼
镝木清方

清方

镝木清方

1915
选布料
镝木清方

1930

三千岁

伊东深水

1930
三千

1949
雪中美人

伊东深水

1930
在春天的小溪

伊东深水

1921
宽腰带的女人

伊东深水

1917
春
伊东深水

1928
黑领

伊东深水

1923
早春之思

伊东深水

1922
胭脂
伊东深水

1943
丛秋

伊东深水

大正十二年七月
深水画

伊东深水

1930
已婚妇女的发型
伊东深水

1942
娘
上村松园